The Hellbound Heart

Clive Barker

헬바운드 하트
ⓒ 고블 2025

초판 1쇄	2025년 10월 2일		
지은이	클라이브 바커		
옮긴이	강동혁		
출판책임	박성규	펴낸이	이정원
편집주간	선우미정	펴낸곳	도서출판 들녘
기획이사	이지윤	등록일자	1987년 12월 12일
편집진행	이동하	등록번호	10-156
디자인진행	조예진	주소	경기도 파주시 회동길 198
편집	이수연·김혜민	전화	031-955-7374 (대표)
마케팅	전병우		031-955-7384 (편집)
경영지원	나수정	팩스	031-955-7393
제작관리	구법모	이메일	dulnyouk@dulnyouk.co.kr
물류관리	엄철용		

ISBN   979-11-5925-954-8 (03840)

고블은 도서출판 들녘의 장르문학 브랜드입니다.
값은 뒤표지에 있습니다. 잘못된 책은 구입하신 곳에서 바꿔드립니다.

Hellbound Heart

헬바운드 하트

클라이브 바커

Clive Barker

메리에게

나는 사랑의 신이 태어나기 전에 죽은
오랜 연인의 유령과 대화하기를 열망한다.
— 존 던, 『사랑의 신』

차례

†

하나

프랭크는 르마샹의 상자를 열기 위한 퍼즐을 푸는 데 몰두하고 있었다.

그래서 커다란 종이 울리는 소리를 듣지 못했다. 르마샹의 상자는 뛰어난 장인이 제작한 물건이었다. 비밀스럽게 전해 내려온 소문에 따르면, 상자 안에는 기적이 들어 있다고 했다. 그러나 프랭크는 아직 상자를 열어볼 방법을 찾지 못했다. 상자의 여섯 면은 검은 래커로 칠해져 있었는데, 이 3차원 퍼즐을 해체할 수 있는 장치가 전혀 보이지 않았다. 프랭크는 과거에 접한 유사한 퍼즐들을 떠올렸다. 대부분 홍콩에 있을 때 봤는데, 단단한 나무로 형이상학적인 형상을 만들어내는 중국인들의 취향이 담겨 있었다. 르마샹이라는 이 프랑스인은, 중국인들의 정확하고 천재적인 기술력에 자신만의 기이한 논리를 덧대었다. 프랭크는 이 퍼즐에 담긴 논리적 구조가 무엇인지 알아내려고 기를 쓰고 있었다. 몇 시간이나 시행착오를 거친 후에야 양손 엄지, 중지, 새끼손가락이 우연히 딱 들어맞는 위치를 찾아냈다. 찰칵거리는 작은 소리와 함께 (해냈다!) 상자의 일부가 양옆으로 갈라졌다.

프랭크는 두 가지를 깨달았다.

첫째, 상자 내부의 표면마저 훌륭하게 연마되어 있다는 것이다. 래커칠된 표면에 비친 프랭크의 모습이 일그러지고 파편화되어 미끄러지듯 움직였다. 둘째, 르마샹은 살아 있을 당시 '노래하는 새'라는 기계를 만들었는데, 누군가 이 상자를 열면 자동으로 음악이 연주되도록 설계했다는 것이다. 오르골이 숭고하면서도 진부하고 짧은 론도를 딸랑거리는 소리로 연주했다.

첫 성공에 용기를 얻은 프랭크는 열정적으로 퍼즐을 풀어나갔다. 그는

울퉁불퉁한 실금과 기름칠된 못이 배열된
자리를 빠르게 찾아냈다. 퍼즐 장치는 점점 더
복잡해졌다. 퍼즐을 하나씩 풀어내고 새로운
장치를 비틀어 당길 때마다 더 많은 선율이
흘렀다. 음악은 대위법을 이루며 풍성해졌다.
처음에 들려 오던 기상곡은 점차 화려해진
연주에 파묻혀 사라졌다.

　프랭크가 애를 쓰던 어느 순간, 종이
울렸다. 음울한 종소리가 일정하게
메아리쳤다. 프랭크는 그 소리를 듣지 못했다.
적어도 제대로 인지하지 못했다. 하지만
퍼즐을 거의 다 풀었을 즈음, 그러니까 상자
가장 안쪽에 달린 거울을 발견했을 때,
종소리가 프랭크의 배 속을 심하게 뒤틀었다.
반평생 동안 이 종소리만 들어온 것처럼.

　프랭크는 퍼즐에서 눈을 떼고 시선을
들었다. 잠시 동안 그는 종소리가 바깥 거리
어딘가에서 들려 온다고 생각했다. 곧
프랭크는 그 생각을 떨쳐냈다. 프랭크가
노래하는 새를 제작한 장인의 퍼즐에
몰두하기 시작한 건 자정 무렵이었다. 그
이후로 몇 시간이 흘렀다. 어떻게 시간이

흘렀는지는 기억나지 않았으나, 시계를 보니
알 수 있었다. 이 도시에 위치한 교회 중
새벽에 종을 쳐 사람을 깨울 곳은 없었다.
몇몇 신자가 원한다고 해도 그런 짓은 하지
않을 터였다.

그렇다. 종소리는 훨씬 더 먼 곳에서 들려
왔다. 르마샹이 만든 기적의 상자로 소환하고
열어낼 수 있다는 (아직 보이지는 않는) 바로 그
문을 통해서. 프랭크에게 르마샹의 상자를
판매한 키르허는 모든 것이 개방되리라고
말했다. 키르허가 장담한 대로 모두
사실이었다! 프랭크는 지금 앉아 있는 방과는
무한히 먼 새로운 세상의 경계에 서 있었다.
무한히 멀지만, 지금은 코앞에 당면한 세상의
경계에.

그 생각에 호흡이 가빠졌다.

프랭크는 이 순간을 너무도 간절히
기다려왔다. 그의 모든 지혜를 동원해 현실에
드리운 장막이 이처럼 찢겨 나가는 순간이
도래하기를 계획했다.

그들은 금방 이곳에 도착할 것이다.

키르허가 '세노바이트[1]'라고 부르던 사람들, 파열의 교단에 속한 신학자들이. 신학자들은 최고의 쾌락의 영역에서 실험하던 도중 소환되어, 시공간을 초월한 자신들의 머리를 실패와 빗줄기로 얼룩진 세상에 들이밀 것이다.

프랭크는 그들을 맞이할 방을 준비하느라 지난주 내내 쉬지 않았다. 아무것도 깔지 않은 널빤지 바닥을 철저하게 문질러 닦고 꽃잎을 뿌렸다. 서쪽 벽에는 그들에게 바치는 제단을 설치하고, 신학자들을 달래기 위한 제물로 장식했다. 키르허는 제물이 그들의 호의를 얻는 데 도움이 될 거라고 장담했다. 뼈, 사탕, 바늘. 프랭크의 오줌이 담긴 물병 하나. 오줌은 7일간 모아두었다. 이 물병은 제단 왼쪽에 놓았는데, 신학자들이 스스로의 몸을 더럽히고 싶어 할 때를 대비해서였다. 오른쪽에는 비둘기 머리 여러 개가 담긴 접시가 있었다. 키르허가 마련해두라고

---

[1] Cenobite, 수도원에서 공동 생활을 하는 수도사라는 뜻을 담고 있다.

조언한 제물이었다.

프랭크는 소환 의식의 어느 한 부분도
빼놓지 않았다. 어부의 신발[2]을 손에 넣고
싶어 안달인 추기경도 그처럼 부지런할 수는
없었다.

그러나 지금, 종소리가 점점 더 커져
상자에서 울리는 음악 소리를 압도하자
두려움에 휩싸였다.

너무 늦었어, 그는 중얼거렸다. 두려움이
치솟았지만 애써 억눌렀다. 르마샹의 퍼즐은
이미 풀려버렸다. 마지막 장치가 돌아갔다.
머뭇거리거나 후회할 시간은 진즉에
지나갔다. 심지어 프랭크는 장막이 찢겨
나가는 순간을 위해 목숨과 지혜를 모두
바치지 않았던가? 지금, 쾌락의 세계로 가는
문이 열리고 있었다. 소수의 사람만이 그
존재를 알고 있으며, 심지어 맛을 본 사람은
훨씬 적은 그 쾌락의 세계로 향하는 문이. 그
너머에는 감각의 지표를 새로 정의할 쾌락이

---

2 교황직을 상징하는 표현이다. 전통적으로 교황은
예수의 제자이자 어부 출신인 성 베드로의 후계자
로 여겨진다.

기다린다고 했다. 그런 쾌락이라면, 청소년기부터 실망시켜온 욕망과 유혹의 지루한 반복에서 프랭크를 해방해줄 것이다. 그런 쾌락을 체험하면 프랭크는 달라질 것이다. 아닐까? 그런 심오한 감각을 경험하면 어느 누구라도 변하지 않을 수 없을 것이다.

방 한가운데에 있는 알전구는 어두워졌다가 밝아지기를 반복했다. 전구는 종이 울릴 때마다 같은 리듬으로 뜨겁게 타올랐다. 종이 울리는 사이사이, 소리가 들려오지 않는 순간에는 절대적인 어둠이 드리웠다. 프랭크가 29년간 살아낸 이 세상이 갑자기 그 어둠에 삼켜져 더 이상 존재하지 않는 것 같았다. 그러나 다시 종이 울리면 전구는 흔들림 없이 강하게 타올랐다. 그 소중한 몇 초 동안 프랭크는 익숙한 장소로 돌아왔다. 바깥으로, 아래로, 거리로 이어지는 현관이 자리한 집으로. 아침이 다가오자 창문에 햇빛이 소문처럼 언뜻 비쳤다. 아니, 프랭크에게 블라인드를 걷어낼 힘이 남아 있었다면 햇빛이 들이쳤을 것이다.

종이 한 번 울릴 때마다 전구의 불빛은 점점

17

다른 세계를 드러냈다. 프랭크는 불빛에 동쪽
벽이 벗겨지는 것을 보았다. 벽돌이 잠시
실체를 잃고 흩어졌다. 동시에 방 너머로
종소리가 울리는 근원지가 나타났다. 새들의
세상일까? 거대한 검은색 새들이 영원한 폭풍
속에 간힌 세상? 그 세상에 대해 알 수 있는
것은 (지금 이 순간에도 신학자들이 다가오고
있었다.) 그곳이 혼돈으로 가득하며, 부서지기
쉽고 깨진 물체들이 온통 어두운 공기를
두려움으로 채우며 솟아올랐다 떨어지기를
반복하고 있다는 것이었다.

　마침내 벽은 다시 실체를 갖췄고, 종소리는
그쳤다. 전구가 깜빡거리다 꺼졌다. 이번에는
다시 켜질 기미조차 보이지 않았다.

　프랭크는 어둠 속에 서서 아무 말도 하지
못했다. 미리 준비해둔 환영의 말을
떠올렸지만 혀가 움직이지 않았다. 그의
입속에서 혀가 죽은 듯 얼어붙었다.

　그리고, 빛이 있었다.

　빛은 그들에게서 새어 나왔다. 네 명의
세노바이트. 그들의 등 뒤로 벽은 봉인되었다.
푸른 형광색 빛이 심해의 물고기처럼

발작하며 차갑고 불길하게 흘러나왔다.

프랭크는 문득 그들의 생김새에 대해 한 번도 궁금해한 적이 없다는 사실을 깨달았다. 그의 상상력은, 속임수나 도둑질에 관해서는 비옥한 토양이지만 다른 면에서는 빈약했다. 이런 상위 존재들을 상상하는 능력은 그에게 없었다. 그래서 시도조차 하지 않았다.

지금 세노바이트들을 바라보기만 해도 왜 이렇게 괴로운 걸까? 흉터가 그들의 몸을 빽빽하게 뒤덮었기 때문일까? 살점을 표면부터 죄다 뚫고 베고 봉합한 다음, 재를 뿌려 덮고 있어서? 그들에게서 풍기는 바닐라 냄새가, 그 단내가 악취를 가리는 데 별다른 역할을 하지 못해서? 아니면 더 강렬해진 빛을 따라 그들을 아무리 살펴봐도, 그 망가진 얼굴에서 기쁨을, 심지어 인간성마저 전혀 찾아볼 수 없기 때문일까? 그들의 얼굴에서는 절망과, 아플 정도로 속을 메우고 싶어하는 식욕만이 드러났다.

"여기는 어느 도시인가?"

넷 중 하나가 물었다. 프랭크는 말한 자의 성별을 전혀 가늠할 수 없었다. 그가 입은

하나

옷의 일부는 피부에, 그리고 피부를 관통한
형태로 바느질된 채 은밀한 부위를 가리고
있었다. 목소리는 목소리의 찌꺼기처럼
흘러나왔고, 이목구비가 있어야 할 자리에는
얼굴의 생김새를 추정할 아무 단서도 주지
않도록 일부러 망가뜨린 것처럼 아무것도
없었다. 그 존재가 입을 열자 아랫입술이
움직였고, 뼈와 살을 모두 관통한 복잡한
사슬을 통해 그 입술의 고리와 연결된
눈꺼풀의 고리가 조금씩 흔들리며 번들거리는
살점이 드러났다.

"내가 물었다."

그 존재가 말했다. 프랭크는 대답하지
않았다. 이 상황에서 도시의 이름 따위가
생각날 리 없었다.

"내 말을 이해하는가?"

첫 번째로 말한 존재의 옆에서 한 형체가
물었다. 이 존재는 동료와 달리 목소리에
가벼운 숨소리가 뒤섞여 있었다. 흥분한
여성의 목소리처럼 들렸다. 머리의 모든
부분에 복잡한 격자 문신이 새겨져 있었고,
가로축과 세로축이 교차하는 부분마다 보석이

뼛속까지 박혀 있었다. 혀에도 비슷한 형태의
장식들이 박혀 있었다.

"우리가 누구인지는 아는가?"

그 존재가 물었다.

"그래."

마침내 프랭크가 말했다.

"알아."

당연히 알았다. 그와 키르허는
볼링브루크[3]와 질 드 레[4]의 일기에서 얻어낸
힌트에 관해 밤늦게까지 논의하며 며칠을
보냈다. 프랭크는 전 세계 인류가 파열의
교단에 대해 파악한 정보를 전부 가지고
있었다.

하지만…. 그는 다른 무언가를 기대했다.
파열의 교단이 선사할 수 있다는 무수히 많은
멋진 것들과 마주하게 될 줄 알았다. 최소한,
그들이 여자들의 모습으로 나타날 줄 알았다.

---

3   영국의 귀족 칭호로, 헨리 4세가 왕위에 오르기 전
사용한 이름이다.

4   15세기 프랑스 귀족이자 잔 다르크와 함께 싸운 전
쟁영웅으로, 훗날 수많은 어린이를 유괴·살해한
범죄자로 알려져 있다.

오일을 바른 여자들, 쾌락을 위해 길들여진 여자들. 사랑의 행위를 위해 제모하고 근육을 키운 여자들. 입술에는 향수를 바르고, 떨리는 허벅지를 벌리는, 엉덩이가 묵직한 여자들. 프랭크가 좋아하는 여자들 말이다. 그는 여자들이 살아 있는 카펫처럼 발밑에 누워 나른하게 숨 쉬리라 예상했다. 그들의 육체에 벌어진 틈이란 틈에 전부 들어갈 수 있을 줄 알았다. 현란한 기술로 그를 꿈꿔본 적조차 없는 황홀감 속으로, *위로, 위로,* 밀어 올릴 처녀 창녀들을 기대했다. 그들의 품 안에서 이 세상을 잊을 수 있을 줄 알았다. 성욕 때문에 경멸당하기보다 찬양받을 수 있을 거라고 생각했다.

하지만 아니었다. 이곳에는 여자도, 나른한 숨소리도 없었다. 그저 살에 고랑이 파인 성별을 가늠할 수 없는 어떤 존재만 있을 뿐이었다.

그때 세 번째 존재가 입을 열었다. 이목구비가 너무 심하게 망가져 눈이 보이지 않는 존재였다. 상처가 곪다 못해 풍선처럼 부푼 듯했다. 더욱이 그것의 음성은 훼손된 입

때문에 오염된 것처럼 들렸다.

"원하는 게 무엇인가?"

그 존재가 프랭크에게 물었다.

프랭크는 방금 질문한 존재를, 다른 둘보다는 더 자신감 있게 살펴보았다. 1초, 1초가 지날수록 두려움은 사라져갔다. 벽 너머 무시무시한 공간에 대한 기억은 희미해졌다. 그는 신체가 제멋대로 비틀린 채 악취를 풍기는 병약하고 퇴폐적인 존재들과 남겨져 있을 뿐이었다. 그들은 허약함이 두드러진 존재로만 보였다. 프랭크는 그들이 뿜어내는 역겨움만이 두려울 뿐이었다.

"키르허는 당신들이 다섯이라고 했는데."

프랭크가 말했다.

"때가 되면 엔지니어가 도착할 것이다."

대답이 돌아왔다.

"다시 묻는다. 원하는 게 무엇인가?"

바로 답해서는 안 될 이유가 있을까? 프랭크는 대답했다.

"쾌락. 키르허가 그랬어, 당신들은 쾌락을 잘 안다고."

"그래, 잘 알지."

첫 번째 존재가 말했다.

"네가 원했던 것은 전부 안다."

"그래?"

"당연하지. 물론이다."

그 존재는 살갗이 지나치게 많이 드러난
눈동자로 프랭크를 빤히 보았다.

"그대는 무슨 꿈을 꿨는가?"

그것이 말했다.

프랭크는 너무나 노골적인 질문에
혼란스러웠다. 그의 성욕이 만들어낸 환영의
속성을 어떻게 말로 표현할 수 있을까? 그가
아직 단어를 고르고 있을 때, 그중 하나가
말했다.

"이 세상이… 실망스러운가?"

"상당히."

프랭크가 대답했다.

"이 세상의 진부함에 질린 건 네가 처음이
아니다."

답변이 들려 왔다.

"다른 이들도 있었다."

"많지는 않았지."

격자 얼굴이 끼어들었다.

"그래. 잘해봐야 대여섯 명이었다. 하지만 몇몇이 감히 르마샹의 상자를 활용했다. 너와 같은 자들, 새로운 가능성에 굶주린 자들, 우리에게 너의 영역에는 알려지지 않은 기술이 있다는 말을 들은 자들이었다."

"내가 기대한 건⋯."

프랭크가 입을 열었다.

"네가 무엇을 기대했는지는 안다."

첫 번째 세노바이트가 대답했다.

"우리는 네 광기의 속성이 얼마나 넓고 깊은지 알고 있다. 우리에게는 대단히 익숙한 것이니까."

프랭크가 끙 소리를 내며 말했다.

"그럼, 내가 무슨 꿈을 꿨는지도 알겠네. 그런 쾌락을 줘."

첫 번째 세노바이트의 얼굴이 찢어지며 벌어졌고, 그 안으로 입술이 뒤로 말려 들어갔다. 마치 비비 원숭이가 짓는 미소 같았다.

"네가 아는 대로는 아니겠지만."

답변이 돌아왔다.

프랭크는 그 존재의 말을 끊으려 했지만, 그

25

존재가 손을 들어 프랭크를 침묵시켰다.

"너 같은 자의 상상력으로는 아무리 원해도 감히 불러일으킬 수 없는 가장 말초적인 상태가 있지."

"…그래?"

"그렇지. 매우. 네가 가장 귀하게 여기는 결핍도 우리가 줄 경험에 비하면 어린애 장난에 불과하다."

"받아들이겠나?"

두 번째 세노바이트가 말했다.

프랭크는 그 존재의 흉터에 달린 고리만 쳐다보았다. 이번에도 할 말을 찾지 못했다.

"받아들이겠나?"

바깥에서, 가까운 어딘가에서 이 세상이 곧 깨어나려 하고 있었다. 프랭크는 이 방의 창문에서 날마다 이 세상이 깨어나는 것을 보았다. 아무 보람 없는 노력을 기울이던 세상을 또 한 번 움찔거리며 일어나 바라봐야만 했다. 그리고 프랭크는 알았다. 저 바깥에 그를 흥분시킬 것은 아무것도 남아 있지 않다는 것을. 그는 열정 없이 땀만 흘릴 뿐이었다. 정열이 제거된 성욕만이

26

갑작스럽게 찾아온 뒤, 냉정함이 똑같이
갑작스럽게 찾아와 성욕을 꺼트리기를
반복했다. 그는 이 같은 불만족에 등을
돌렸다. 이 존재들이 나타났다는 징후는,
야망을 품은 대가를 치러야 한다는 것이다.
프랭크는 기꺼이 그 값을 치를 준비가 되어
있었다.

"보여줘."

프랭크가 말했다.

"돌아갈 수는 없다. 알고 있나?"

"*보여줘.*"

더 이상 말할 필요는 없었다. 세노바이트가
장막을 걷었다. 프랭크는 어디선가 문이
삐걱거리며 열리는 소리를 들었다. 뒤를 보니,
문지방 너머의 세상이 사라지고 없었다. 대신
그곳에는 교단의 구성원들이 떠나온, 공포로
채워진 어둠이 자리했다. 프랭크는 설명을
구하고자 세노바이트를 돌아봤다. 하지만
그들은 사라지고 없었다. 단, 그들이 떠났다는
흔적이 남아 있었다. 꽃잎은 사라지고
맨바닥만 보였다. 프랭크가 제물을
걸어두었던 벽은 보이지 않는 불의 열기에

27

하나

강렬히 타오른 듯 검게 물들었다. 프랭크는
벽에서 풍겨 오는 씁쓸한 탄내를 맡았다. 그
냄새가 너무도 강하게 콧구멍을 찔러 와
코피가 솟구쳐 나올 것만 같았다.

그러나 타는 냄새는 시작에 불과했다.
냄새를 인식하자마자 대여섯 가지 다른
냄새가 머릿속을 채웠다. 그때까지는 풍겨
오는지도 몰랐던 향내가 갑자기 못 견디게
강해졌다. 훔쳐 온 꽃송이가 남긴 향, 천장의
페인트 냄새, 발밑의 나무에서 나는 수액
냄새. 그 모든 냄새가 머릿속을 가득 채웠다.
심지어 프랭크는 문밖 어둠이 풍기는
냄새까지 맡을 수 있었다. 그 어둠 속에 깃든,
수십만 마리 새들이 퍼트리는 악취까지.

프랭크는 손으로 입과 코를 틀어막고
폭주해 오는 냄새들에 압도당하지 않으려
했다. 그러나 손가락에서 나는 땀의 악취에
정신이 아찔해졌다. 숨을 들이쉴 때마다
공기가 입술을 거칠게 쓸었다. 눈을 깜빡일
때마다 눈알이 눈꺼풀에 갈려 나갔다. 목구멍
뒤에서 위액이 타오르듯 치솟았고, 전날에
먹은 쇠고기 조각이 치아에 낀 채 혀에 육즙을

내뿜으며 온몸에 경련을 일으켰다.

귀도 못지않게 예민해졌다. 머리에 수천 가지 소음이 가득 찼다. 그중 일부는 스스로에게서 나는 소리였다. 고막에 부딪히는 공기가 허리케인처럼 굉음을 냈고, 뱃속에서 꼬르륵거리는 소리가 천둥처럼 울렸다. 하지만 다른 소리도 있었다. 수없이 많은 소리. 그 소리들은 프랭크의 몸 외부에서 그를 공격했다. 화가 나 언성을 높이는 소리, 속삭이는 사랑의 표현, 울부짖는 소리와 덜컹거리는 소리, 노래 한 소절, 눈물이 흘러내리는 소리.

지금 들리는 소리가 이 세상의 소리일까? 천 개의 가정에서 아침이 밝아 오는 소리? 이 소리들을 하나하나 세세히 들어볼 수는 없었다. 불협화음이 머릿속에서 모든 분석 능력을 앗아갔다.

하지만 그것은 최악이 아니었다. 시각! 아, 하늘이여. 프랭크는 눈이 달렸다는 게 이렇게 괴롭다고 느껴본 적이 없었다. 그는 이 지구상에 놀랄 만한 일은 아무것도 남지 않았다고 생각하지 않았던가? 그러나 지금은

29

머리가 핑핑 돌았다! 모든 곳에, *시야가* 열려
있었다!

평범하게 흰색으로 칠한 천장이 화가의
붓질로 이루어진 놀라운 지도처럼 보였다.
그가 입은 민무늬 셔츠는 실을 견딜 수 없을
만큼 정교하게 교차하여 이루어낸
직물이었다. 한구석에는 죽은 비둘기 머리
위로 움직이는 진드기가 보였다. 진드기는
프랭크가 자신을 보았다는 걸 알고 그에게
눈을 깜빡였다. 너무 과했다! *너무 심했다!*

프랭크는 경악하며 눈을 감았다. 하지만
안에는 바깥보다 더 많은 것이 기다렸다.
프랭크의 기억이 격렬하게 프랭크 자신을
뒤흔들며 이성이 마비되기 직전까지
몰아갔다. 그는 어머니의 젖을 빨다가 사레가
걸렸다. 동생이 그에게 팔을 둘렀던 감각이
찾아왔다. (싸웠던 걸까? 아니면 형제끼리
끌어안은 걸까? 어느 쪽이든 숨이 막혔다.) 그게
전부가 아니었다. 훨씬 많은 게 있었다.
감각으로 이루어진 짧은 평생이, 그의 뇌에
완벽한 글씨로 모조리 새겨졌다. 기억되고
말겠다는 고집으로 그를 무너트렸다.

프랭크는 터져 나가기 일보 직전이었다.
그의 머리 바깥에 있는 세상이 (그의 방, 문
너머의 새들이) 아무리 비명을 지르며 과도하게
다가오더라도, 그의 기억이 괴롭히는
감각처럼 압도적이지는 못했다. 프랭크는
차라리 바깥세상을 보는 게 낫겠다고 여기고
눈을 뜨려 했다. 하지만 눈이 떠지지 않았다.
눈물인지, 고름인지, 바늘과 실인지 모를 어떤
것이 그의 눈꺼풀을 봉해놓았다.

프랭크는 고리와 사슬로 꿰맨
세노바이트의 얼굴을 떠올렸다. 그들이
프랭크에게도 비슷한 수술을 한 것일까?
프랭크를 눈꺼풀 뒤의 세상, 그 자신만의
역사만이 행진하는 세상에 가둬버린 걸까?

프랭크는 미칠까 봐 두려워 그들에게 말을
걸기 시작했다. 하지만 그들이 자신의 말을
들을 수 있는 거리에 있는지 확신할 수
없었다.

"어째서?"

그가 물었다.

"어째서 나한테 이런 짓을 한 거야?"

그의 말이 메아리치며 귓가에 쩌렁쩌렁

울렸다. 하지만 프랭크는 그 소리를 신경 쓸
수도 없었다. 더 많은 감각적 인상이 그를
괴롭히기 위해 과거에서부터 허우적거리며
다가왔다. 어린 시절이 프랭크의 혀에 남아
있었으나, (우유의 매캐한 맛이 느껴졌다.) 점차
성인이 되면서 경험한 감각이 섞여 들었다.
그는 성장했다! 콧수염이 났고, 힘이 세졌다.
두 손은 묵직해지고 배가 두둑해졌다.

　과거에, 젊은 시절에 느낀 쾌락에는 새로운
매력이 있었다. 그러나 세월이 슬금슬금
이어지면서 더이상 순한 쾌락으로는 만족할
수 없었다. 프랭크는 점점 더 강렬한 경험을
갈구했다. 지금 그에게 그 감각이 되돌아왔다.
머릿속 어둠 속이었기에, 더욱 자극적으로
변해서.

　프랭크의 혀에 맛을 알 수 없는 무언가가
닿았다. 쓰고 달고 시고 짠 맛이 느껴졌다.
그는 향신료와 똥의 냄새를, 어머니의
머리카락 냄새를 맡았다. 도시와 하늘이
보였다. 속도와, 깊이가 보였다. 지금은 죽은,
과거에 알고 있던 사람들과 빵을 나누어
먹었다. 뺨에 튄 그들의 침에서 느껴지는

열기에 델 것만 같았다.

물론 여자들도 있었다.

여자들이 정신없고 혼란스러운 기억 속에
언제나처럼 나타나 향과 질감과 맛으로 그를
압도해왔다.

이런 상황에서도 프랭크는 떼거리로
나타나는 여자들에 대한 감각에 흥분했다.
그는 바지를 내리고 성기를 주물렀다. 더
이상의 쾌락을 원하지는 않았다. 빠르게
정액을 쏟아 이 상태에서 벗어나고 싶었다.

그는 자위하는 자신이 수치스러운
꼬락서니일 거라고 어렴풋이 생각했다.
빈방에서 꿈 때문에 혼자 흥분한 눈먼
남자라니. 하지만 그렇다고 자위행위를 늦출
수 없었다. 아무 즐거움 없는 고문과도 같은
무자비한 오르가슴 때문이었다. 이내
프랭크는 무릎이 꺾이면서 바닥에 쓰러졌다.
방금 자신이 정액을 쏟은 자리였다. 맨바닥에
부딪힌 몸이 아픔에 경련했지만, 다른 기억이
물밀듯 밀려오며 그 아픔을 쓸어냈다.

프랭크는 돌아누워서 비명을 질렀다.
비명을 지르며 이제 끝내달라고 애걸했다.

그러나 감각은 더욱 강렬해졌다. 멈춰달라고 기도할 때마다 고통은 새로운 단계로 솟아올랐다.

애원은 한 줄기 비명으로 바뀌었다. 공황에 빠져 단어와 의미가 증발했다. 미치지 않고서야 고통을 끝낼 길이 없을 것 같았다. 희망을 잃어버리는 것 말고는 아무 희망이 없었다.

프랭크가 이처럼 가장 절망적인 생각에 닿았을 즈음, 마지막으로 고통이 멈추었다.

한순간에 그 모든 것이 사라졌다. 시각, 청각, 촉각, 미각, 후각을 압박해 오던 모든 것이. 갑자기 프랭크는 그 모든 것에서 해방되었다. 그는 몇 초간 자신의 존재를 의심했다. 심장이 두 번, 세 번, 네 번 박동했다.

심장이 다섯 번째 박동할 즈음, 프랭크는 눈을 떴다. 방은 텅 비어 있었다. 비둘기 머리와 오줌통은 사라졌다. 문은 닫혀 있었다.

프랭크는 머뭇거리며 일어나 앉았다. 팔다리가 얼얼했다. 머리, 손목, 방광에 아픔이 밀려왔다.

그는 방 한구석에서 인기척을 느꼈다.

방금까지만 해도 텅 비었던 자리에, 한 형체가 서 있었다. 세노바이트 중 네 번째, 한 번도 말하거나 얼굴을 드러내지 않았던 존재가. 이제 그 존재는 그저 하나의 존재로 보이지 않았다. 그 존재는 여자의 형상이었다. 그녀는 얼굴을 가리고 있던 두건과 육체를 뒤덮었던 로브를 벗었다. 로브 아래 드러난 여자는 반짝이는 잿빛 피부를 가졌다. 입술은 피처럼 붉었고, 다리가 벌어져 사타구니에 정교하게 난자된 상처가 드러났다. 그녀는 썩어가는 인간의 머리 더미 위에 앉아 환영의 미소를 지었다.

죽음과 관능이 충돌하는 소름돋는 장면이었다. 그녀가 저 많은 희생자를 직접 죽였으리라는 걸 조금이라도 의심할 여지가 있을까? 그녀의 손톱 아래에는 부패한 살점이 끼어 있었다. 오일을 바른 그녀의 허벅지에 스무 명이 넘는 희생자들의 혀가 입장을 기다리듯 줄지어 매달려 있었다. 인간 머리들에 달린 귀와 콧구멍에서 뇌가 흘러나왔다. 프랭크는 그녀가 키스를 하거나

35

손상을 가해 희생자들이 심장이 멎기 전에
먼저 그들의 뇌부터 미쳐버렸으리라고
확신했다.

키르허가 거짓말을 했다. 아니, 키르허 역시
끔찍하게 속은 걸지도 몰랐다. 이곳의 대기에
쾌락 따위는 없었다. 최소한 인류가 이해하는
형태로는 말이다.

르마샹의 상자를 연 것은 실수였다. 아주
끔찍한 실수.

"아, 꿈은 다 꿨나 보구나."

세노바이트가 말했다. 그녀는 맨바닥에
누워서 헐떡거리는 프랭크를 살펴보았다.

"잘됐네."

그녀가 일어났다. 혓바닥들이 바닥으로
떨어졌다. 민달팽이로 이루어진 비가 내리는
것처럼.

"이제 시작할 수 있겠어."

세노바이트가 말했다.

하나, 둘

둘

"내가 기대했던 거랑은 좀 다른데."

줄리아가 말했다. 둘은 복도에 서 있었다. 추위가 서린 8월, 해질 무렵이었다. 오랫동안 버려져 있던 집을 둘러보기에 딱히 좋은 시간은 아니었다.

"손이야 좀 봐야겠지."

로리가 말했다.

"그거 빼고는 다 괜찮아. 우리 할머니가 돌아가신 이후로 아무도 손대지 않은 집이잖아. 3년쯤 됐나? 할머니도 돌아가실 때쯤에는 거의 아무것도 건들지 않으셨을 테고."

"그래서, 이게 당신 집이라고?"

"나랑 프랭크 형의 집이지. 할머니가 유언으로 우리 둘에게 남겨주셨어. 하지만 몇 년째 형을 봤다는 사람이 없잖아?"

줄리아 역시 프랭크가 기억나지 않는다는 듯 어깨를 으쓱했지만, 실은 아주 잘 기억하고 있었다. 줄리아는 로리와 결혼식을 올리기 일주일 전에 마지막으로 프랭크를 봤었다.

"작년 여름에 형이 이 집에서 며칠 동안 머물렀대. 분명히 발정 나서 허튼짓이나 하고 다녔겠지. 그러더니 갑자기 사라져버렸어. 이 집을 가지는 데는 아무 관심이 없었나 봐."

"근데 우리가 이사해서 한참 살고 있을 때, 당신 형이 돌아와서 본인 몫을 요구하면 어떡해?"

"내가 돈 줘서 설득할게. 은행에서 대출을 받으면 형 지분을 살 수 있어. 형은 항상 돈에 쪼들리니까 그러면 될 거야."

줄리아는 고개를 끄덕였지만, 마음속은 여전히 불안했다.

"걱정하지 마."

로리는 줄리아 곁으로 다가가 그녀를 끌어안았다.

"여긴 우리 집이야, 자기야. 우리가 이 집을 소중히 페인트칠하고 잘 가꿔서 천국처럼 만들어보자."

로리가 줄리아의 얼굴을 훑었다. 지금처럼 줄리아가 의심에 빠져 불안에 떨 때면, 로리는 줄리아의 아름다움에 숨이 막히는 듯했다.

"날 믿어."

로리가 단언했다.

"믿지."

"좋아, 그럼. 일요일부터 이사를 시작할까?"

✟

일요일.

도시의 외곽에서는 일요일을 여전히 신성한 주일로 여겼다. 멋진 주택을 소유한 집주인들과 잘 다린 옷을 차려입은 아이들은 더 이상 종교를 신봉하지 않았지만, 아직도 주일을 지켰다. 류튼이 밴을 몰고 와 짐을 내리기 시작하자 몇몇 창문에서 커튼이 슬며시 열렸다. 호기심 많은 이웃은 한두 번쯤 개를 산책시키는 척하며 집 근처를 거닐기도

했다. 그러나 새로운 이웃에게 말 붙이는
사람은 아무도 없었다. 가구를 옮겨주겠다고
나서는 사람은 더더욱 없었다. 일요일은 땀
흘려 일하는 날이 아니었으니까.

줄리아는 짐을 풀며 정리했고, 로리는
밴에서 앞장서 짐을 내렸다. 류튼과 매드 밥은
근력을 보탰다. 알렉산드라 로드[5]까지 네 번을
왕복하며 많은 짐을 옮겼으나 하루가 저물어
갈 무렵에도 자질구레한 물건이 남아서
나중에 챙겨 오기로 했다.

오후 두 시쯤, 커스티가 현관에 불쑥
나타났다.

"좀 도와줄 수 있을까 해서 왔어."

커스티는 살짝 미안한 어투로 말했다.

"뭐, 들어와."

줄리아가 말했다. 커스티는 응접실로
들어갔다. 그곳은 혼돈이 지배하는
아수라장이었다. 줄리아는 속으로 로리를
욕했다. 꼭 영혼이 빠져나간 것처럼 멍한 이
인간에게 도움을 요청한 사람은 분명 로리일

---

5 │ 영국 런던 북부, 캠던 자치구에 위치한 주택 단지.

것이다. 커스티가 방해나 안 되면 다행이었다. 커스티의 흐리멍덩하고 기운 빠지는 태도는 줄리아의 신경을 긁었다.

"뭘 도와주면 될까?"

커스티가 말했다.

"로리 말로는….."

"그래."

줄리아가 말했다.

"당연히 로리가 불렀겠지."

"어디 있어? 그러니까, 로리 말이야."

"밴 타고 또 짐 실으러 갔어. 여길 더 엉망으로 만들려나 봐."

"아."

줄리아는 표정을 누그러트렸다.

"이렇게 도와주러 와줘서 고마워. 하지만 지금 네가 할 수 있는 일은 많지 않아."

커스티가 살짝 얼굴을 붉혔다. 그녀는 매사 흐리멍덩하기는 했지만 바보는 아니었다.

"그렇구나."

커스티가 말했다.

"근데 정말? 혹시… 내 말은, 커피 한 잔 안 할래?"

"커피라."

줄리아가 말했다. 커피를 떠올리자 매우
목이 말랐다.

"그래."

줄리아가 납득했다.

"나쁘지 않네."

커피를 타는 일조차 순탄치 않았다.
커스티는 어쩐지 늘 일을 단숨에 처리하지
못했다. 그녀는 주방을 15분이나 헤맨 뒤에야
냄비를 찾아 물을 끓일 수 있었다. 커스티는
가만히 서서 오지 말았어야 했다고 생각했다.
줄리아는 언제나 못마땅하다는 눈초리로
커스티를 쳐다보았다. 마치 커스티 같은
사람은 태어날 때 이미 질식해서 죽었어야
마땅하다는 눈빛이었다. 상관없었다. 로리가
와달라고 부탁하지 않았던가? 그 한마디면
충분했다. 줄리아 100명이 득실거려도,
로리를 한 번만 미소 짓게 할 수 있다면
감당할 가치가 있었다.

로리가 도착하기까지 25분 동안, 두 여자는
대화를 원만하게 이어가려고 두 번이나
시도했으나, 두 번 다 실패했다. 둘에게는

공통점이 별로 없었다. 줄리아는 상냥하고 아름다웠다. 누구라도 줄리아와 키스하고 싶어 했으며, 어딜 가든 사람들은 줄리아를 쳐다봤다. 반면 커스티는 인사마저 소극적으로 나누는 부류였다. 줄리아만큼 눈이 촉촉해지려면 울음이라도 강제로 뽑아내야 할 터였다. 커스티는 오래전에 삶이 불공평하다는 사실을 받아들였다. 하지만 세상은 매순간마다 커스티의 코앞에 굳이 이 불편한 사실을 알려줘야 할까?

커스티는 줄리아가 일하는 모습을 남몰래 지켜보았다. 줄리아는 도무지 추해질 수 없는 존재였다. 모든 동작에 (눈 위로 내려온 머리카락 한 가닥을 손등으로 밀어내는 모습이나, 가장 좋아하는 컵에 묻은 먼지를 후 불어내는 모습이나) 우아함이 자연스럽게 어려 있었다. 로리가 개처럼 알랑거리는 이유를 알 만했다. 그래서 커스티는 더욱 절망스러웠다.

마침내 로리가 집 안으로 들어왔다. 머리에 땀이 흘러내려 눈살을 찌푸리고 있었다. 오후의 태양은 사나웠다. 그가 커스티를 보고 씩 웃자 들쭉날쭉한 앞니가 드러났다.

커스티는 로리와 처음 만난 순간부터 그
치열이 저항할 수 없을 만큼 매력적이었다.

"와줘서 고마워."

그가 말했다.

"당연히 도우러 와야지…."

커스티가 대답했지만, 로리는 이미
줄리아를 돌아보고 있었다.

"잘 정리하는 중이야?"

"돌아버리겠어."

줄리아가 말했다.

"뭐, 이젠 쉬어도 돼."

로리가 말했다.

"이번엔 침대를 가져왔거든."

로리가 음모라도 꾸미는 사람처럼
윙크했지만, 줄리아는 반응하지 않았다.

"짐 내리는 거 도와줄까?"

커스티가 물었다.

"류튼이랑 매드 밥 둘이면 충분해."

로리가 대답했다.

"아."

"누가 차 한 잔이라도 준다면 팔다리를 한
짝씩 떼어서 바칠 수도 있겠어."

"아직 차를 못 찾았어."

줄리아가 말했다.

"아. 그럼 커피는 있어?"

"내가 타줄게."

커스티가 말했다.

"류튼이랑 매드 밥한테도 갖다줄까?"

"그래주면 개들은 좋아 죽을걸."

커스티는 주방으로 돌아가, 작은 냄비에 물을 넘칠 지경까지 채워 스토브에 올려놓았다. 복도에서 로리가 다음 짐을 내리라고 지시하는 소리가 들려왔다.

침대가 집에 들어섰다. 신혼 침대였다. 커스티는 로리와 줄리아가 서로 껴안고 뒹구는 그림을 머릿속에서 지우려고 노력했지만, 그럴 수 없었다. 냄비를 들여다보니 물이 부글거리며 김을 피워 올리다가 펄펄 끓어올랐다. 커스티는 고통에 잠긴 채 행복한 부부의 이미지를 거듭 떠올렸다.

47

✝

　세 사람은 네 번째이자 마지막으로 짐을
옮기러 갔다. 줄리아는 짐을 풀다가 참을성을
잃고 말았다. 이건 재앙이라고, 그녀는
울부짖었다. 모든 짐이 잘못된 순서로
포장되어 차에 쑤셔 박혀 있었다. 기본적인
필수품들이 전혀 쓸데없는 잡동사니 속에
파묻혀 있었다.

　커스티는 주방에 남아 침묵을 지키며 얼룩
묻은 컵을 설거지했다.

　줄리아는 큰 소리로 저주를 퍼부은 뒤,
아수라장을 떠나 현관 앞 계단에서 담배를
피웠다. 그녀는 현관문에 기댄 채 꽃가루 섞인
공기를 들이마셨다. 겨우 8월 21일이었는데,
오후의 바람에는 가을을 알리는 향내가 스며
있었다.

　그녀는 하루가 벌써 다 지나가버렸다는 걸
그제야 깨달았다. 저녁 기도를 알리는
종소리가 현관 앞까지 들려 왔다. 종소리가
느린 파도처럼 연이어 부드럽게 퍼져 나갔다.
마음이 진정되었다. 종소리를 듣자 어린

시절이 떠올랐다. 기억 속의 특정한 날이나 장소가 생각난 것은 아니지만, 그냥 어린 시절의 신비로웠던 기억이 났다.

줄리아는 4년 전을 마지막으로 교회에 가 본 적이 없었다. 로리와 결혼식을 올린 후부터는 말이다. 그날을 회상하자, 약속받았던 결혼 생활과는 전혀 다른 신세에 기분이 씁쓸해졌다. 있는 힘껏 울려 퍼지는 종소리를 뒤로 하고, 줄리아는 계단을 떠나 집으로 들어갔다. 방금까지 어른거리는 햇살 속에 얼굴을 들이밀고 서 있던 터라, 집안은 유독 어둑해 보였다. 줄리아는 피곤해서 갑자기 눈물이 날 지경이었다.

오늘 밤 머리를 누일 잠자리를 마련하려면 침대 조립을 마쳐야 했다. 하지만 로리와 줄리아는 어느 방을 안방으로 쓸지도 아직 결정하지 못했다. 줄리아는 당장 안방을 고르겠다고 마음 먹었다. 그러면 응접실로 돌아가, 늘 애처로운 커스티를 상대할 필요가 없을 테니까.

줄리아가 2층 가장 앞에 위치한 방문을 열었을 때, 종소리는 계속 울려 퍼졌다. 2층에 늘어선 세 방 중에서 가장 넓은 방이었다.
안방으로 삼는다면 이곳이 될 터였다. 그러나
그 방에는 햇빛이 한 줄기도 들지 않았다.
(어쩌면 올여름 내내 전혀 빛이 들지 않았을지도
모른다.) 창문에 블라인드가 내려가 있었다. 그
방은 집 안의 다른 어느 곳보다 싸늘했고,
공기는 정체되어 있었다. 줄리아는 얼룩진
맨바닥을 건너 창가로 다가갔다. 블라인드를
걷으려 했다.

　　창틀에 수상한 점이 눈에 띄었다.
블라인드가 창틀에 못으로 단단히 고정되어,
창문 너머 햇살 가득한 거리로부터 어떤
생명체도 침입할 수 없도록 막혀 있었다.
줄리아는 블라인드를 올려보려 했지만 꼼짝도
하지 않았다. 누군지 알 수 없는 사람이
빈틈없이 작업해둔 모양이었다.

　　상관없었다. 로리에게 장도리를 가져와
못을 뽑으라고 시키면 되니까. 줄리아가
창문을 등진 순간, 아직도 신자들을 불러
모으려 메아리치는 종소리가 귓가를 강렬히
파고들었다. 오늘 밤에는 신자가 많지 않은
걸까? 천국에 갈 수 있다는 약속을 미끼삼아

낚싯바늘을 던져도 소용없었던 걸까?
줄리아는 절반쯤 이런 생각에 빠져 있다가
이내 접었다. 그러나 여전히 종소리는 방 안을
휘돌아다녔다. 피로로 신음하던 팔다리가
종이 한 번 울릴 때마다 더 힘없이 늘어졌다.
머리가 참을 수 없이 아파 왔다.

줄리아는 이 방이 몹시 꺼림칙했다. 공기가
퀴퀴했고, 어둠에 젖은 벽은 축축했다. 로리가
이 방이 넓으니 안방으로 쓰자고 우겨도
받아주지 않을 셈이었다. 이딴 방은 이대로
썩으라지.

줄리아는 출구로 다가섰다. 복도로
나서기까지 1미터도 안 남았을 즈음,
구석에서 삐걱거리는 소리가 나더니 문이 쾅
닫혔다. 신경이 곤두섰다. 가만히 서서 공포를
억누르는 것만이 할 수 있는 일의 전부였다.

줄리아는 낮게 중얼거렸다.

"지옥에나 가시지."

그러고는 문손잡이를 잡아챘다. 손잡이는
쉽게 돌아갔고 (안 그럴 이유가 있을까? 그런데도
줄리아는 안심했다.) 문은 휙 열렸다. 아래쪽
복도에서 따스한 황토색 빛이 일렁였다.

줄리아는 문을 닫고 나와, 근원을 알 수 없고 알고 싶지도 않은 안도감을 느끼며 열쇠로 문을 잠갔다.

그러자 종소리가 멈추었다.

✞

"하지만 그 방이 제일 넓은데…."

"난 마음에 안 들어, 로리. 방이 너무 축축해. 다른 방 쓰면 되잖아."

"저 망할 침대가 들어갈 수 있다면 말이지."

"당연히 들어갈 거야. 당신도 알잖아."

"좋은 방을 놔두고 낭비하는 것 같아."

로리는 항의하면서도, 이미 결정되었다는 걸 알고 있었다.

"어서 이 엄마 말을 들으렴."

줄리아가 말했다. 그녀는 전혀 엄마 같지 않은 눈빛을 하고는 미소 지었다.

하나, 둘, 셋

셋

계절은 남녀가 그러듯 서로를 열망한다. 그래야 과잉에서 치유될 수 있기 때문이다.

봄은 정해진 주기보다 일주일 더 머물면, 언제까지나 약속만 하는 나날을 끝내기 위해 여름을 갈망하기 시작한다. 여름은 여름대로 그 열기를 식혀줄 무언가를 원하며 땀을 흘리기 시작하고, 가을은 가장 부드러워진 순간에 결국 그 온화함에 질려 수많은 열매를 죽여버릴 빠르고 날카로운 서리를 아프도록 갈망한다.

가장 가혹하고, 가장 빈틈없는 계절인 겨울조차 2월이 슬금슬금 다가오면 자신을 금세 녹여줄 불길을 꿈꾼다. 모든 것이 시간에

따라 지치고, 자신으로부터 자신을 구하기
위해 반대되는 무언가를 찾기 시작한다.

그렇게 8월은 9월에 자리를 내주었다.
불만은 거의 없었다.

✝

로도비코 스트리트에서의 삶은 그들의
노력에 따라 살만해지기 시작했다. 심지어
이웃들이 찾아오기도 했다. 그들은 로리와
줄리아를 곰곰이 가늠해보더니, 55번지에
다시 사람이 살게 되어 얼마나 좋은지
모르겠다고 아낌없이 털어놓았다. 그들 중 단
한 사람만이 프랭크에 대해 언급했다.
지난여름 이 집에 이상한 사람이 몇 주 동안
살았다고 지나가는 투로 말했다. 로리는 그
사람이 자신의 형이라고 바로 고백했다.
이웃들은 잠시 당황했으나, 줄리아가 곧
나서서 끝없는 매력을 발산하기 시작하자 그
어색한 순간은 금방 지나갔다.

로리는 줄리아에게 청혼하고 나서도
한동안 프랭크에 대한 이야기를 꺼낸 적이

없었다. 나이 차이가 18개월밖에 나지 않는,
어린 시절에는 서로 때려야 떼어놓을 수 없는
사이였는데도 말이다. 줄리아는 로리가
취해서 추억에 젖어 있을 때 프랭크의 존재를
깨달았다. 결혼식을 올리기 일주일인가, 이
주일 전이었다. 로리는 프랭크에 대해 길게
주절거렸다. 우울한 내용이었다. 청소년기를
지나자 형제의 앞길이 크게 엇갈렸다며
안타까워했다. 프랭크의 방탕한 생활이
부모님에게 안겨준 고통 때문에 더욱
그렇다고 했다. 프랭크는 세상 어느 구석에
처박혀 배설물처럼 지구를 더럽히다가,
가뭄에 콩 나듯 가끔씩 나타나 가족을
괴롭혔다. 프랭크가 범죄 세계를 넘나들고
자잘한 절도를 벌이며 창녀들과 어울린다고
떠벌릴 때마다 부모는 속이 뒤집어졌다.
그뿐만이 아니야, 로리는 말을 이어갔다.
프랭크는 감정이 격양되면 그 어떤 도덕적인
의무에도 얽매이지 않는 경험을 갈구하는
자신의 망상적인 삶의 방식을 과시했다.
　혐오와 질투가 뒤섞인 로리의 말투가
줄리아의 호기심을 그토록 자극한 걸까? 무슨

이유에서인지 몰라도, 줄리아는 금세 그 미친 사람에 관한 억누를 수 없는 호기심에 사로잡혔다.

결혼식이 보름밖에 남지 않았을 즈음, 가족의 골칫덩이 프랭크가 직접 행차했다. 최근에 일이 잘 풀렸다고 했다. 손가락마다 금반지를 끼고 있었고, 피부는 탱탱하고 보기 좋게 그을려 있었다. 겉으로 보기에는 로리가 말한 괴물 같지 않았다. 오히려 프랭크는 매끄러운 돌처럼 윤기가 흘렀다. 줄리아는 얼마 되지 않아 프랭크의 매력에 빠져들었다.

이상한 시간이 이어졌다. 결혼식 날까지 하루하루가 느리게 흘러갔다. 줄리아는 자기도 모르게 예비 신랑보다는 형에 대해 점점 더 많이 생각하게 되었다. 형제는 서로 크게 다르지 않았다. 목소리에 깃든 경쾌한 억양과 여유로운 태도는 두 사람 모두 갖추고 있었다. 하지만 프랭크는 로리와 성정이 비슷하면서도, 로리라면 절대 가질 수 없는 무언가를 지니고 있었다. 아름다운 처절함이랄까.

그 이후에 일어난 일은 아마도 필연이었을

것이다. 줄리아가 열심히 본능과 맞서 싸웠다
해도, 기껏해야 프랭크와 자신이 서로 느낀
감정이 실현되는 순간을 좀 더 뒤로 미루는
정도였을 것이다. 적어도 나중에 줄리아는
그렇게 변명하려 했다. 그러나 모든 자책을
끝낸 뒤에도, 줄리아의 기억 속에는 둘의
처음이자 마지막 만남이 소중히 간직되어
있었다.

그날 커스티도 집에 와 있었던가? 결혼식
준비를 돕기 위해 방문했을 것이다. 프랭크가
도착한 날에 말이다. 욕망이 가져다주는 그
묘한 직감(이런 직감은 욕망이 수그러들면 함께
희미해진다.)에 따라, 그날 줄리아는 무언가
일이 벌어질 것임을 각오했다. 줄리아는
커스티가 결혼식 준비 목록 작성인지 뭔지를
하게 내버려두고, 웨딩드레스를 보여주겠다며
프랭크를 위층으로 데려갔다. 줄리아가
기억하는 바로는 그랬다. 프랭크는 줄리아가
드레스를 입은 모습이 궁금하다고 했다.
줄리아는 베일을 착용하고서, 흰옷을 입은
자신을 상상하며 웃었다. 프랭크가 베일을
그녀의 어깨 너머로 걸었다. 프랭크의 의지를

59

시험하려는 듯 줄리아는 웃고 웃고 또 웃었다.
줄리아의 웃음은 프랭크의 열의를 꺾지
못했다. 프랭크는 섬세히 유혹하는 단계
따위로 시간을 낭비하지도 않았다. 매끄러워
보이던 겉치장을 던져버리고 거친 본능을
드러냈다. 둘의 교합은 그녀의 동의하에
벌어졌지만, 폭력성과 쾌락 없는 냉혹함을
담고 있었다.

하지만 줄리아의 회상 속에서 그 사건은
달콤했다. 그날 이후로 4년(하고도 5개월)이
지나는 동안 줄리아는 그 순간을 자주
떠올렸다. 멍든 상처는 둘의 정열을 기념하는
트로피였고 그녀의 눈물은 프랭크에 대한
감정을 나타내는 증표라고, 그녀는 그렇게
기억하기로 했다.

다음 날 프랭크는 떠났다. 방콕인지
이스터섬인지, 어떤 빚쟁이한테도 쫓기지
않아도 되는 장소로 떠나버렸다고 했다.
프랭크가 사라지자 줄리아는 우울했다. 어쩔
수가 없었다. 다른 사람들도 줄리아가 우울해
한다는 걸 알 정도였다. 누군가에게 대놓고
말하지는 않았지만, 줄리아는 로리와의

관계가 불만족스러워진 건 그때부터가
아니었을까 생각했다. 그녀는 로리와
잠자리를 가질 때에도 프랭크를 떠올렸다.

지금은? 지금은 집도 새로 꾸미고 로리와
새출발을 할 수 있는 기회가 왔음에도,
우연찮게 모든 상황이 프랭크를 생각나게
하고 있었다.

프랭크를 생각한 것은 단지 이웃의 이야기
때문만은 아니었다. 언젠가 줄리아는 홀로
집에 남아 개인 소지품을 정리하던 중 로리의
사진이 담긴 지갑 몇 개를 발견했다. 사진
대부분이 비교적 최근 것들이었다. 아테네와
몰타에서 함께한 줄리아와 로리의 사진,
투명한 미소를 짓고 있는 두 사람 사진
사이에, 전에 본 적 없는 사진들이 파묻혀
있었다. (로리가 그 사진들을 감추었던 걸까?)
수십 년 전까지 거슬러 올라가는 로리의
가족이 담긴 사진이 차례로 나타났다. 부모님
결혼식 사진, 세월이 흘러 흑백이 잿빛으로
바랜 사진, 세례식을 올리는 도중 대부와
대모가 가족의 레이스 의복에 감싸여 질식할
것처럼 보이는 아기들을 자랑스레 안고 있는

61

사진도 있었다.

그리고 형제가 나란히 찍은 사진들이
나왔다. 유아 시절 눈을 크게 뜬 형제, 학창
시절 시무룩한 표정을 지은 형제. 체육 시간에
시범을 보이거나 학예회 무대에 오른 순간도
담겨 있었다. 여드름으로 뒤덮인 청소년기의
수줍은 얼굴이 나타나며 남은 사진의 수가
점차 줄어들었다. 개구리 같던 아이들은
사춘기가 지나자 왕자처럼 근사해졌다.

프랭크가 카메라를 보며 광대처럼 익살을
부리는 사진을 발견하자 줄리아는 자기도
모르게 얼굴을 붉혔다. 프랭크는 역시
과시욕이 강한 사람으로, 늘 최신 유행에 따라
옷을 차려입고 있었다. 그에 비해 로리는
초라했다. 줄리아는 둘의 젊은 시절을
살펴보며, 이들의 미래는 오래전에
결정되었다고 생각했다. 프랭크는
카멜레온처럼 끊임없이 변신하고 유혹하는
매력적인 남자로, 로리는 건실하지만 평범한
시민으로 살 운명이었다.

줄리아는 한참 만에 그 사진을 치웠다.
자리에서 일어섰을 때, 그녀는 빨개진 얼굴로

눈물을 흘리고 있다는 걸 깨달았다. 후회의
눈물은 아니었다. 후회는 쓸모없었다. 치밀어
오르는 분노에 눈이 따끔거렸다. 어째서일까?
숨을 크게 들이쉬었다가 내쉬면서, 그녀는
공기 중에 자기 자신까지 빠져나가버린
기분이 들었다.

줄리아는 자신의 마음이 처음으로 떨린
순간이 언제인지 선명하게 기억했다. 신혼
침대에 누워, 프랭크가 그녀의 목에 키스를
퍼붓던 그 순간이었다.

╬

줄리아는 이따금 블라인드가 굳게 내려간
어두운 방으로 올라갔다.

지금까지 줄리아와 로리는 위층을 거의
장식하지 않았다. 사람들의 시선이 닿는
아래층부터 먼저 정리하는 편이 나아서였다.
그래서 그 방은 손길이 닿지 않은 채로 남아
있었다. 실제로 그 방은 줄리아가 이처럼 가끔
들를 때를 제외하면 누구도 들어간 적이
없었다.

63   셋

줄리아는 자신이 왜 그 방을 찾는지,
그곳에서 겪는 기이한 감정이 무엇인지
설명할 수 없었다. 그러나 어둠이 드리운 그
방에 있으면 안도감이 들었다. 줄리아는 이
방을 일종의 자궁, 표현하자면 죽은 여자의
자궁과 같다고 느꼈다. 로리가 직장에 출근할
때면, 줄리아는 그저 몸을 이끌고 계단을 올라
고요한 그 방에 앉아서 아무 생각도 하지
않았다. 적어도, 언어적으로 의식할 수 있는
생각은 하지 않았다.

그렇게 머물러 있다 보면 이상한 죄책감이
들었다. 로리와 함께할 때는 그 방과 거리를
두려고 애썼다. 늘 그러지는 못했다. 때로
줄리아의 두 발이 무의식적으로 그 방으로
이끌기도 했다.

토요일, 피의 그날도 마찬가지였다.

줄리아는 로리가 주방 문을 수리하는
모습을 지켜보고 있었다. 로리는 경첩 주변에
몇 겹씩 뭉쳐 있는 페인트를 끌로 깎아내는
중이었다. 그 순간 줄리아는 방이 부르는
소리를 들었다. 그녀는 로리가 일에 완전히
몰입한 것을 확인하고 위층으로 올라갔다.

방은 평소보다 서늘했고 줄리아는 그게 마음에 들었다. 그녀는 벽을 손으로 매만지다가, 차가워진 손바닥을 이마에 가져갔다.

"쓸모없어."

줄리아는 아래층에서 일하는 남자를 떠올리며 혼자 중얼거렸다. 그녀는 로리를 사랑하지 않았다. 로리가 그녀를 사랑하지 않는 것과 마찬가지였다. 로리는 단지 줄리아의 얼굴에 홀려 있을 뿐이었다. 로리는 혼자만의 세계에 빠져 끌이나 쥐고 페인트를 깎는 데 관심 있을 뿐이었다. 그동안 줄리아는 이곳, 로리와 멀리 떨어진 세계에서 고통받고 있었다.

돌풍이 불어 와 1층 뒷문을 밀어붙였다. 줄리아는 문이 쾅 닫히는 소리를 들었다.

아래층에서 작업하던 로리는 그 소리에 집중력을 잃었다. 끌이 홈에서 튀어나가 왼손 엄지를 깊이 파고들었다. 로리는 비명을 질렀다. 붉은 피가 솟구쳤다. 끌은 바닥으로 내동댕이쳤다.

"이런 빌어먹을!"

    줄리아는 그 소리를 들었지만 아무런
조치도 취하지 않았다. 그녀는 우울감에 젖어
넋 놓고 있다가, 뒤늦게 로리가 계단을 오르는
소리를 들었다. 줄리아는 열쇠를 찾아
더듬거리며 일어났다. 이 방에 들어온
변명거리를 찾느라 몸이 버벅거렸다. 어느새
로리는 문 앞에 당도해 있었다. 그가 문턱을
넘어 그녀에게 달려왔다. 오른손으로 왼손을
어설프게 감싸 쥐고 있었다. 피가 울컥울컥
쏟아졌다. 그의 손가락 사이에 맺힌 핏방울이
팔을 타고 내려와 팔꿈치에서 뚝뚝 떨어져
내렸다. 얼룩진 맨바닥이 핏방울로 덮였다.

"어떻게 된 거야?"

줄리아가 물었다.

"어떻게 된 것 같은데?"

로리가 이를 악물고 말했다.

"다쳤잖아!"

로리의 얼굴과 목이 창틀 석고보드처럼
하얗게 질렸다. 줄리아는 전에도 로리가
겁먹은 모습을 본 적이 있었다. 그는 자신의
피를 보고 기절했었다.

"어떻게 좀 해봐."

로리는 메스꺼워했다.

"상처가 깊어?"

"몰라!"

로리가 소리쳤다.

"보고 싶지 않아."

줄리아는 그가 우스웠지만, 지금은 경멸을 풀어놓을 때가 아니었다. 줄리아는 로리의 피투성이 손을 두 손으로 감쌌다. 그가 고개를 돌리자 손바닥을 떼어냈다. 상처는 꽤 깊었고, 여전히 피가 줄줄 흐르고 있었다. 검고 짙은 피였다.

"병원에 가야겠네."

줄리아가 말했다.

"상처 좀 가려줄 수 있어?"

로리가 물었다. 이제는 목소리에서 분노가 빠져 있었다.

"당연하지. 깨끗한 지혈대를 가져올게. 같이 가서….'"

"아니야."

로리는 잿빛이 된 얼굴을 저으며 말했다.

"한 발짝만 걸어도 기절할 거 같아."

"여기서 기다려."

줄리아가 안심시켰다.

"괜찮을 거야."

욕실 찬장에 지혈대로 쓸 만한 것이 보이지 않아서, 로리의 서랍을 뒤져 깨끗한 손수건 몇 장을 꺼낸 뒤 방으로 돌아왔다. 로리는 이제 벽에 기댄 채 땀을 흘리느라 피부가 번들거렸다. 그는 자기가 흘린 피 위를 조심스럽게 걸어간 듯했다. 공기에서 톡 쏘는 피의 맛이 느껴졌다.

줄리아는 6센티미터짜리 상처 따위로 죽지는 않을 거라고 조용히 타이르며, 로리의 손바닥을 손수건으로 감싼 뒤 나머지 손수건을 그 위에 묶어 고정했다. 잎사귀처럼 떨고 있는 로리를 데리고 아래층으로 내려가 (한 번에 한 칸씩, 어린이를 부축하듯이.) 차에 태웠다.

병원은 두 사람을 가벼운 찰과상을 입은 환자들과 함께 줄 세웠고, 한 시간쯤 기다리자 의사가 상처를 봉합해주었다. 줄리아는 이번 일을 돌아보면서 무엇이 가장 우스웠는지 판단할 수 없었다. 로리의 나약함이 가장 우스웠을까? 아니면 그 뒤로 그가 보여준

과장된 감사의 태도가? 로리가 질리도록
고맙다고 칭얼대자 줄리아는 감사 인사 따위
하지 않아도 된다고 했다. 진심이었다.

줄리아는 로리가 줄 수 있는 것은 아무것도
원하지 않았다. 그가 사라져주는 것 말고는.

╬

"위층 음습한 방 바닥, 당신이 닦은 거야?"
다음 날 줄리아가 로리에게 물었다. 그들은
처음 이사 온 일요일 이후로 그 장소를
'음습한 방'이라고 불렀다. 물론 천장과 벽을
덮은 벽지를 살펴봐도 썩은 자국이 보이지는
않았지만.

로리는 잡지에서 눈을 들었다. 그의 눈가에
잿빛 초승달이 걸려 있었다. 로리는 잠을 잘
수 없다고 말했다. 고작 손가락을 베인 것
따위로 죽음에 대한 악몽을 꾸고 있었다. 반면
줄리아는 신생아처럼 푹 잤다.

"뭐라고?"
로리가 물었다.
"바닥 말이야."

69

줄리아가 다시 말했다.

"바닥에 피가 묻어 있었잖아. 당신이
닦았어?"

로리가 고개를 저었다.

"아니."

로리는 그렇게만 말하고 잡지로 눈을
돌렸다.

"나도 안 치웠는데."

줄리아가 말했다.

로리는 너그러운 미소를 지었다.

"당신, 정말 완벽한 주부네."

그가 말했다.

"자기가 해놓은 일도 모르다니."

그렇게 대화가 끝났다. 로리는 줄리아가
이성을 잃어간다고 조용히 농담을 던지고는
스스로 만족해했다.

반면 줄리아는 머잖아 이 사건을 이해하게
되리라는, 기이한 직감을 느꼈다.

하나, 둘, 셋, 넷

넷

커스티는 파티가 싫었다. 파티에 참석하면
불안한 마음을 감추려 억지로 미소지어야
했고, 사람들의 힐끔거리는 눈길에 담긴
의미를 눈치껏 해석해야 했다. 최악은
대화였다. 커스티는 자신에게는 세상이
원하는 흥미로운 이야기를 들려줄 능력이
눈곱만큼도 없다고 오래전부터 확신했다.
그녀와 말을 하면서 눈에 초점을 잃어 가는
사람들을 너무 많이 보았기 때문이다.
사람들은 그녀와 대화하다가도, 지루한
사람에게서 빠져나가기 위한 온갖 방법을
동원했다. "죄송한데, 저기에 제 회계사가
있어서요."라고 거짓말하는 사람부터 괜히

취한 척 발치에 쓰러지는 사람까지….

　로리는 커스티가 꼭 집들이에 와야 한다고
고집했다. 친한 친구 한두 명만 초대할 거라고
약속하면서. 커스티는 거절할 경우 어떤
상황이 펼쳐질지 너무 잘 알았기에 초대에
응했다. 혼자 집에 우울하게 처박혀서 용기
없는 자신을 질책하고, 로리의 상냥한 얼굴이
보고 싶다고 징징거렸겠지.

　집들이는 생각만큼 괴로운 자리는
아니었다. 손님은 아홉 명이 전부였다. 모두
커스티가 어렴풋하게나마 알던 사람이라
부담이 덜했다. 그들은 커스티가 파티
분위기를 띄워주기를 기대하지 않았다. 그냥
적절한 순간에 고개를 끄덕이며 웃어주면
충분했다. 게다가 로리는 (여전히 손에 붕대를
감고 있었다.) 그날따라 더욱 매력적으로 거짓
없는 친근함을 주변에 가득 발산했다. 심지어
커스티는 로리의 직장 동료 네빌이 안경
너머로 자신에게 눈독을 들이고 있는 건
아닌지 의심하기도 했다. 곧 의심은 확신이
되었다. 저녁 중반쯤, 네빌이 커스티에게
다가와 고양이 키우는 데 관심 있느냐고

물었다. 커스티는 딱히 관심은 없지만, 새로운
경험에는 언제나 흥미를 느낀다고 했다.
네빌은 재밌다는 듯 웃고는, 그 대화를 구실
삼아 그날 밤 내내 그녀에게 술을 권했다.
11시 30분이 되자 커스티는 기분 좋게 취해서
무슨 말만 들어도 웃겨서 몸부림치고
키득거렸다.

자정이 조금 지났을 때 줄리아가 피곤해서
자러 가야겠다고 선언했다. 사람들은 다들
파티가 해산되는 줄로 알았으나, 로리는 전혀
듣지 않으려 했다. 그는 누가 말할 틈도 없이
일어나서 잔을 다시 채웠다. 커스티는
줄리아의 얼굴에 못마땅한 기색이 스치는 걸
분명히 포착했다. 하지만 줄리아는 금방
표정을 풀며 시무룩한 기색을 벗었다.
줄리아는 모두에게 잘 자라고 인사했고,
송아지 간 요리에 대한 후한 찬사 속에서
잠자리로 향했다.

흠결 없이 아름다운 사람은 늘 흠결 없는
행복을 누리지 않던가? 커스티는 언제나
이렇게 생각해왔다. 하지만 오늘 밤, 취기가
오른 커스티는 그동안 시기심이 자신의 눈을

벗

가려온 건 아닌지 의문이 들었다. 결점이 없는
사람은 다른 종류의 슬픔을 겪을지도 몰랐다.

그러나 머리가 빙빙 도는 바람에 그러한
생각을 붙잡기 어려웠다. 다음 순간 로리가
일어나 고릴라와 예수회 수사에 관한 농담을
던졌다. 이야기가 봉납용 양초가 나오는
부분에 이르기도 전에 커스티는 술을 마시며
웃다가 사레들렸다.

위층에서 줄리아는 웃음이 계속 터져
나오는 소리를 들었다. 그녀는 사람들에게
털어놓은 대로 실제로도 피곤했다. 그러나
요리를 준비하느라 진이 빠진 건 아니었다.
문제는 아래층 응접실에 모인 빌어먹을
바보들에게서 경멸감을 억누르는 일이었다.
한때 그들을, 저 멍청이들을 줄리아는
친구라고 불렀다. 저속한 농담을 지껄이고,
초라한 가식을 떠는 저 자식들을. 줄리아는
그들의 장단에 맞춰 주느라 몇 시간이나
낭비했다. 그것으로 충분했다. 이제는
서늘하고 어두운 이 장소에서 쉬고 싶었다.

음습한 방의 문을 열자마자, 상황이 전과는
달라졌다는 것을 깨달았다. 층계참에 매달린

전구에서 흘러나온 빛이 로리의 핏방울이
떨어진 나무 판자를 비추었는데, 지금은 누가
문질러 닦기라도 한 것처럼 깨끗했다. 방의
일부는 빛이 닿지 않는 어둠 속에 파묻혀
있었다. 줄리아는 그 안에 들어가 문을
닫았다. 등 뒤에서 문고리가 찰칵 맞물렸다.

완벽한 어둠이 주위를 감쌌다. 줄리아는 이
어둠이 좋았다. 그녀의 시선은 차가운 기운을
품은 어둠의 표면에 머물렀다.

그때, 방 저편에서 소리가 들렸다.

벽판 뒤를 달리는 바퀴벌레 소리보다도
크지 않은 소리였다. 몇 초 뒤, 소리는 멈췄다.
줄리아는 숨을 참았다. 다시 소리가 들렸다.
이번에는 그 소리가 어떤 규칙을 따르는 것
같았다. 원시적인 암호처럼.

아래층에서 사람들이 미치광이처럼 웃음을
터트렸다. 그러자 마음속 처절함이 깨어났다.
저자들에게서 벗어날 수만 있다면, 무슨
일이든 할 수 있지 않을까?

줄리아는 침을 삼키고 어둠 속에 말을
걸었다.

"소리 들려."

벳

줄리아가 말했다. 왜 이렇게 말했는지,
누구에게 하는 말인지는 자신도 알 수 없었다.

바퀴벌레가 바스락대는 듯한 소리가 잠시
멎었다가, 갑자기 다급해졌다. 줄리아는
문가에서 나와 소리가 나는 쪽으로 이동했다.
소리는 그녀를 부르기라도 하듯 계속되었다.

어둠 속에서는 거리를 정확히 가늠하기가
어려웠다. 줄리아는 예상보다 일찍 벽면에
닿았다. 줄리아는 두 손바닥으로 페인트칠된
석고를 더듬었다. 모든 표면이 균일하게
차갑지는 않았다. 문과 창문 사이 중간쯤으로
보이는 지점에서, 줄리아는 강한 한기를
느끼고 손을 뗄 수밖에 없었다. 바퀴벌레
바스락거리는 소리가 멈추었다.

그 순간 줄리아는 방향감각을
잃어버리고는 어둠과 침묵 속을 헤매었다.
그때 무언가가 그녀의 앞에서 움직였다.
줄리아는 마음속 눈이 일으킨 착시로 여겼다.
이곳에 빛이라고는 상상 속에서 발하는
빛밖에 없었으니까. 하지만 다음 순간, 그녀는
자신이 틀렸음을 인정해야만 하는 광경과
마주했다.

벽면이 환해졌다.

아니, 벽 뒤의 무언가가 차가운 광휘로
타올랐다. 그 빛이 단단한 벽돌을 실체 없는
물질처럼 투과했다. *심지어* 벽은 마술사의
도구처럼 조각조각 파편으로 해체되었다.
기름칠한 벽돌이 물러나자 그 뒤에 숨어 있던
육면체 물질들이 나타났고, 그 육면체
물질들이 무너져 내리며 더 깊은 은신처가
튀어나왔다. 줄리아는 그 광경에서 눈을 떼지
못했다. 마술사가 부리는 속임수 하나라도
놓치기 싫은 사람처럼 눈도 깜빡이지 않고
지켜봤다. 세상은 그녀의 눈앞에서 파편으로
분리되었다.

점점 더 정교하게 미끄러지는 파편
사이에서 줄리아는 급작스레 움직이는 존재를
보았다. (아니, *보았다고 생각한 걸까?*) 그제야
줄리아는 이 현상이 일어나기 시작한
순간부터 숨을 참고 있었음을 깨달았다.
현기증이 밀려왔다. 그녀는 탁한 공기를
폐에서 비우고자 애썼다. 신선한 공기를
들이마시려 했으나 줄리아의 몸은 이런
간단한 지시조차 따르지 못했다.

내면에서 공황이 밀려오며 몸이 떨렸다.
마술 같은 현상은 이제 사그라들었다. 벽에서
들리는 종소리 같은 음악을 줄리아의 일부가
무정하게 감상하고 있었으나, 그녀의 다른
일부는 목구멍에서 한 단계씩 차오르는
두려움과 맞서는 중이었다.

줄리아는 다시 숨을 쉬려고 했지만, 사망한
신체를 바라보는 유령처럼 어찌할 수가
없었다. 숨을 쉴 수도, 눈을 깜빡일 수도, 침을
삼킬 수도 없었다.

벽이 펼쳐지는 놀라운 광경은 이제 완전히
멈추었다. 벽돌 사이에서 꿈틀거리는 물체가
나타났다. 그림자라고 할 만큼 불규칙하지만,
지나치게 실체감이 있는 무언가였다.

줄리아는 그것이 사람임을, 아니,
사람이었음을 알아보았다. 그러나 그 사람의
몸은 찢겼다가 다시 꿰매졌다. 대부분의 신체
조각들이 아직 빠져 있거나, 뒤틀려 있었고,
용광로에 들어갔던 것처럼 검게 타 있었다.
줄리아를 바라보며 빛나는 눈알 하나와
사다리 같은 허리뼈, 근육이 뜯겨 나간 척추,
알아볼 수 없는 해부학적 파편 몇 개. 그게

다녔다. 이런 존재가 살아 있을지 모른다니, 논리적으로 설명할 수 없는 일이었다. 그 존재에게 붙어 있는 얼마 안 되는 살점이 절망적으로 문드러졌음에도, 그것은 분명 살아 있었다. 썩은 살덩이에 뿌리 박은 눈알이 줄리아의 온몸을 위아래로 살폈다.

줄리아는 그것이 두렵지 않았다. 그 존재는 줄리아에 비해 훨씬 약한 상태였다. 그것은 조금의 위로라도 해달라는 듯한 움직임을 보였다. 그러나 줄리아는 위로해줄 수가 없었다. 너덜거리는 신경을 손목에 걸치고 피를 흘리는 생물을 위로할 수는 없지 않은가. 그 존재는 어디에 몸을 누이든 고통을 느끼는 것 같았다. 줄리아는 이를 분명히 알았다. 가여운 존재였다. 연민과 함께 해방감이 찾아왔다. 줄리아의 몸이 죽은 공기를 내뿜고 살아 있는 공기를 빨아들였다. 산소에 굶주렸던 뇌가 황홀해했다.

그 순간 그 존재가 말을 했다. 껍질이 벗겨진 괴물의 둥근 머리에서 구멍이 벌어지며, 무게감 없는 목소리로 한마디를 흘렸다.

넷

그 한마디는 이러했다.

"줄리아."

†

커스티는 잔을 내려놓고 일어서다
비틀거렸다.

"어디 가?"

네빌이 물었다.

"어디 갈 것 같은데?"

커스티는 그렇게 대답했다. 발음이
뭉개지지 않도록 노력했다.

"도와줄까?"

로리가 끼어들었다. 술기운이 그의
눈꺼풀을 무겁게 늘어트렸고, 그의 미소는
그보다 나른해 보였다.

"배변 훈련은 마쳐서 괜찮아."

커스티가 응수했다. 주변 모두가 웃음을
터트렸다. 커스티는 만족했다. 즉흥적인
재치는 강점이 아니었는데. 그녀는
비틀거리며 문으로 나아갔다.

"층계참 끝, 오른쪽 마지막 방이

화장실이야."

로리가 설명했다.

"나도 알아."

커스티는 그렇게 말하고 복도로 나섰다.

커스티는 평소에 취한 느낌을 즐기지
않았다. 하지만 오늘 밤에는 그 느낌에
황홀하게 빠져 있었다. 팔다리에 긴장이
풀리고 마음이 홀가분했다. 내일이면
후회할지도 모르겠지만, 내일 일은 내일
알아서 하면 될 것이다.

오늘 밤, 그녀는 날아오르고 있었다.

그녀는 화장실을 찾아, 아파 오던 방광을
풀어준 뒤 얼굴에 찬물을 끼얹었다. 그리고
돌아가기 시작했다.

층계참을 따라 세 발짝쯤 나아갔을 때,
커스티는 자신이 화장실에 있는 동안
누군가가 층계참의 불을 껐다는 걸 깨달았다.
그리고 그 누군가는 지금 몇 미터 떨어진 어둠
속에 서 있었다.

커스티는 멈춰 섰다.

"저기요?"

그녀가 말했다. 고양이를 키우는 네빌이

따라온 걸까? 본인은 고양이와 달리 중성화되지 않았음을 과시하고 싶어서?

"너야?"

커스티가 물었다. 상대가 뭐라 대답하든 아무 의미도 없을 질문이었지만, 그녀는 어렴풋하게밖에 의식하지 못했다.

대답은 돌아오지 않았다. 커스티는 서서히 불안해졌다.

"왜 이러실까?"

커스티는 불안을 감추기 위해 익살스럽게 굴었다.

"누구실까요?"

"나야."

줄리아였다. 목소리가 이상했다. 목이 메인 듯, 울먹이는 것 같았다.

"괜찮아?"

커스티가 물었다. 줄리아의 얼굴이 보이면 좋을 텐데.

"응."

답이 돌아왔다.

"안 괜찮을 이유가 있겠어?"

그 다섯 마디 동안, 줄리아 내면의 배우가

주도권을 잡았다. 목소리와 말투가 밝아졌다.

"그냥 피곤해서….."

줄리아가 말을 이었다.

"넌 아래층에서 재밌는 시간을 보낸 것 같네."

"우리 때문에 못 잤어?"

"세상에, 아니야."

목소리가 서둘러 튀어나왔다.

"나도 화장실이나 가려고."

잠시 침묵이 흘렀다.

"넌 다시 내려가. 즐겨야지."

은근한 지시에 따라 커스티는 층계참을 걸어 줄리아 쪽으로 나아갔다. 줄리아는 마지막 순간에야 길을 비켰다. 커스티와 최소한의 신체 접촉도 하기 싫은 듯했다.

"잘 자."

커스티가 계단 맨 위를 밟으며 말했다.

하지만 층계참의 그림자는 더 이상 대답하지 않았다.

줄리아는 잠을 이루지 못했다. 그날 밤도,
그 이후의 어떤 밤에도.

그녀가 음습한 방에서 보고 듣고, 감각한
것은 남은 평생 동안 편안한 수면을 몰아낼
만큼 강렬했다. 줄리아는 그렇게 느꼈다.

그가 여기에 있었다. 로리의 형 프랭크는 늘
여기에, 이 집에 존재했던 것이다. 처음부터
내내. 줄리아가 살아가고 숨 쉬는 세상과는
격리되었으나, 미약하고 가련한 접촉은
유지할 만큼 가까운 장소에 말이다.

줄리아는 자신한테 이런 일이 벌어진
이유를 전혀 짐작할 수 없었다. 벽 속에서
소환된 인간의 잔여물에 가까운 존재는
자신의 상태를 설명할 힘도, 시간도 없었다.

벽이 다시 닫히기 시작하고 비참한 모습이
벽돌과 석고 뒤로 가려지기 전에 그 존재가 한
말은 "줄리아."와 "프랭크야."였고,
마지막으로 "피."라는 외마디 단어만 외쳤을
뿐이다.

그런 다음 그 존재는 완전히 사라졌고,

줄리아는 다리 힘이 풀렸다. 그녀는 넘어지듯
비틀거리다가 벽에 기댔다. 정신을 차렸을
때에는 신비로운 빛도, 벽돌 속에 고치처럼
틀어박힌 쇠약한 형체도 없었다. 다시 한 번
현실의 장악력이 강해졌다.

　물론 현실은 방을 완전히 장악하지는
못했다. 프랭크가 여전히 이곳에, 음습한 방의
현실 너머에 있을 테니까. 그 점에는 의심의
여지가 없었다. 시선이 닿지 않아도, 생각까지
닿지 않는 건 아니었다. 프랭크는 줄리아가
살아가는 세계와 다른 어떤 세계의 경계에
갇혀 있었다. 저 너머의 세계에서는 혼돈
가득한 어둠 속에서 종소리가 메아리쳤다.

　프랭크는 죽은 걸까? 그래서일까?
지난여름, 빈 방에서 죽어 이제는 퇴마 의식을
기다리고 있는 걸까? 그렇다면 이 세계에
남아 있는 그의 유골에는 무슨 일이 일어난
걸까? 프랭크, 아니 프랭크라고 불렸던 그의
잔해와 더 많은 대화를 나눠야 할 터였다.

　줄리아가 방황하는 영혼을 도울 수 있는
법은 분명했다. 프랭크는 명백하게 힌트를
알려주었다.

87

"피."

프랭크는 이렇게 말했다. 이 말은 책망이
아니라 명령처럼 들렸다.

로리가 음습한 방 바닥에 피를 흘렸고,
핏자국은 얼마 뒤 사라졌다. 어째서인지
프랭크의 유령은 (정말 유령이라면) 피를
먹었다. 그 양분 덕분에 자신이 갇혀 있는
공간으로부터 손을 뻗어 더듬거리듯 접촉해
올 수 있었다. 피의 양이 더 많았다면, 무엇을
더 해냈을까?

줄리아는 프랭크에게 안겼을 때를, 거칠고
단단했던 그의 품을, 고집스럽게 압박해 오던
힘을 생각했다. 그의 힘을 다시 느낄 수
있다면, 무엇을 아끼겠는가? 그와 함께할 수
있는데 말이다. 줄리아가 그에게 필요한
물질을 줄 수 있다면, 프랭크가 고마워하지
않을까? 그렇게 함께할 수 있지 않을까?
줄리아의 작은 변덕을 따라 온순해지거나
야성적으로 변신할, 그녀의 반려동물이 되지
않을까? 그런 생각에 빠진 줄리아는 잠을
빼앗겼다. 이성과 슬픔도 함께 빼앗겼다.
줄리아는 항상 프랭크를 사랑했고, 애도하고

있었음을 깨달았다. 프랭크를 곁에 데려오기 위해 피가 필요하다면, 그녀는 망설이지 않고 피를 대령할 것이다. 그 결과 따위는 고려하지 않을 것이다.

이어진 며칠 동안, 줄리아는 미소를 되찾았다. 로리는 줄리아의 기분 변화를 새로운 집에 적응해 행복해하는 신호로 받아들였다. 줄리아가 기분이 좋아지니 그에게도 같은 변화가 일어났다. 그는 새롭게 힘을 내서 집을 다시 장식하기 시작했다.

로리는 머잖아 2층 정리 작업을 시작할 거라고 했다. 큰방에 습기가 차는 원인을 탐색하고, '공주님'에게 어울리는 침실로 바꿔 놓겠다고 선언했다. 줄리아는 그의 뺨에 입을 맞추며 서두를 것 없다고, 지금 쓰는 안방도 충분하다고 말했다.

침실 이야기를 하자 로리는 그녀의 목을 쓰다듬고 그녀를 끌어안았다. 그녀의 귓가에 유치하고 외설적인 말을 속삭였다. 줄리아는 거부하지 않고 얌전히 위층으로 올라가, 로리가 원하는 대로 옷을 벗기도록 놔두었다. 그는 페인트에 얼룩진 손가락으로 단추를

풀었다. 줄리아는 흥분한 척했으나, 실은 전혀
흥분하지 않았다.

줄리아는 다리 사이에 로리의 몸통을 낀 채
삐걱거리는 침대에 누웠다. 줄리아는 눈을
감고 과거의 프랭크를 상상하며 최소한의
욕망이라도 불러일으키고자 했다.

프랭크의 이름이 입술 밖으로 튀어나올
뻔했지만, 그때마다 줄리아는 그 이름을
삼켰다. 마침내 그녀는 눈을 뜨며 적나라한
현실을 직시해야 했다. 로리가 그녀의 얼굴에
입맞춤을 퍼붓고 있었다. 로리의 손길이 뺨에
닿자 소름이 돋았다.

줄리아는 이런 일을 자주 견뎌낼 수 없었다.
순종적인 아내 노릇에는 너무 큰 희생이
따랐다. 심장이 터질 듯 답답했다.

그리하여, 열린 창문으로 들어온 가을의
숨결이 줄리아의 얼굴을 스치는 가운데,
줄리아는 로리의 몸 아래 누워, 타인의 피를
얻을 음모를 꾸미기 시작했다.

하나, 둘, 셋, 넷, 다섯

다섯

때로는 벽 속에 머무는 동안 영겁의 세월이
왔다가 흘러가는 듯했다. 훗날 돌이켜보면
겨우 몇 시간이나 몇 분밖에 지나지 않았을
뿐이었지만.

하지만 이제 상황이 바뀌었다. 그는 탈출할
기회를 얻었다. 그 생각만으로도 영혼이
날아오를 듯했다. 대단한 기회는 아니었다.
주어진 현실을 과장해서 희망을 갖지는 않을
것이다. 프랭크가 최선의 노력을 기울여도
실패할 만한 몇 가지 이유가 있었다. 예컨대,
줄리아라든가. 프랭크는 줄리아를 흔해 빠진,
멋 부리는 데나 관심 있는 여자로 기억했다.
억눌린 성장 배경 때문에 정열을 품을 능력을

잃어버린 여자. 물론 프랭크는 한 차례 그녀의
야생성을 찾아주었다. 그가 수천 번 정도 벌인
행위 중 그녀와 함께한 하루가 만족스럽기는
했다. 줄리아는 그녀의 허영심에 필요한 것
이상으로는 저항하지 않았다. 그녀가 너무도
노골적인 열기를 품고 항복했기에, 프랭크는
자제력을 잃을 뻔했다.

　다른 상황이었다면 프랭크는 줄리아를
남편의 코앞에서 낚아챘을 것이다. 하지만
형제간 정치적인 관계를 고려해서 그러지
않았다. 프랭크는 기껏해야 일주일에서 이
주일 만에 줄리아에게 싫증 났을 터였고,
그렇게 되면 꼴도 보기 싫은 여자와 복수심을
품고 뒤를 쫓아다니는 동생까지 한꺼번에
얻었을 터였다. 그럴 가치가 없는 일이었다.

　게다가 프랭크에게는 정복해야 할 새로운
세상이 있었다. 그는 다음 날 동쪽으로
떠났다. 홍콩과 스리랑카로, 부와 모험이
기다리는 곳으로. 프랭크는 최소한 한동안은
모험과 부를 축적했다. 하지만 머잖아 모든
것이 손가락 사이로 빠져나갔다. 시간이
지나면서 그는 벌어들인 돈을 제대로 지키지

못한 것이 환경 탓인지, 그냥 자신이 지키고 싶은 무언가가 존재하지 않았던 것인지가 궁금했다. 그는 폐허처럼 널려 있는 자신의 삶을 돌아보며 이와 같은 쓸쓸한 결론에 똑같이 도달했다. 그의 인생에 찰나의 불편함이라도 감수하게 하는 존재는 하나도 없다는 가설 말이다. 사람도, 어떤 정신이나 신체의 상태도.

프랭크의 감정은 비탄의 바닥으로 추락하기 시작했다. 프랭크는 세 달 동안 자살 충동에 가까운 우울과 자기연민에 빠져 허우적거렸다. 하지만 새롭게 깨달은 염세주의적 믿음이 자살조차 무의미하게 만들었다. 살아야 할 가치가 없는 존재는, 마땅히 죽을 만한 가치조차 없지 않겠는가? 프랭크는 황폐함에서 또 다른 황폐함으로 비틀거리며 떠돌았다. 타락한 세계를 헤매다 접한 온갖 마약들이 그의 사고 체계를 썩어 문드러지게 했다.

르마샹의 상자에 대해 처음 들은 게 언제였을까? 기억나지 않았다. 아마 어느 술집이나 시궁창 같은 골목에서, 동료

부랑자에게서 주워들었을 것이다. 당시에는 그냥 떠도는 소문에 불과했다. 인간이라는 조건 속에서 사소한 기쁨을 소진해버린 사람들이 새로운 차원의 기쁨을 발견할 수 있다는, 쾌락의 영역에 대한 꿈 이야기였다. 그런 천국으로 가는 길이 어디에 있을까? 프랭크는 그 길이, 현실과 현실보다 더한 현실 사이에 있는 공간의 지도가 여럿 있다고 들었다. 오래전 뼛조각마저 먼지처럼 산화한 여행자들이 제작한 지도였다.

그런 지도 중 하나는 바티칸의 지하 금고에, 종교개혁 이후에는 읽힌 적 없는 어느 신학적 저작 속에 암호처럼 숨어 있다고 했다. 또 다른 지도는 사드 후작이 연습용 종이접기 형태로 소유했다고 전해졌다. 사드 후작이 바스티유 감옥에 갇혔을 때,[6] 그것을 간수와 교환하여 얻은 종이에 『소돔 120일』을 집필했다는 것이다. 또 다른 지도는 노래하는 새를 창조한 장인 르마샹이 제작했다. 너무도

---

6 │ 사드 후작은 다양한 성적 스캔들로 인해 1777년부
터 1790년까지 장기 투옥되었고, 이 시기에 많은
대표 저서를 집필했다.

정교하게 설계되어 반평생 만지작거려도 열
수 없는 상자 형태로.

　이건 전부 이야기, 전해 내려오는 이야기일
뿐이었다. 그러나 염세주의자가 된 프랭크는
어차피 아무것도 믿지 않았기에, '검증 가능한
진실'의 독재를 머릿속에서 어렵지 않게
밀어낼 수 있었다. 게다가 취한 채 이런
공상에 젖어 시간을 보내는 일도 재밌었다.

　헤로인 밀수를 위해 뒤셀도르프에 갔을 때,
프랭크는 르마샹의 상자에 관한 이야기와
다시 마주했다. 한 번 더 호기심이
불타올랐다. 프랭크는 르마샹의 상자
이야기가 흘러나온 근원지를 찾아냈다. 그
남자의 이름은 키르허였다. 아마 다른 이름이
대여섯 개쯤 있었겠지만, 아무튼 그 독일인은
상자의 실존 여부를 확인해주었다. 심지어
키르허는 프랭크에게 상자를 얻을 수 있는
방법까지 실토했다. 정보에 대한 대가는 크지
않았다. 이따금 작은 부탁만 들어주면 되었다.
특이한 건 없었다. 프랭크는 부탁을 들어주고,
손을 깨끗이 턴 뒤, 대가를 받아냈다.

　키르허는 르마샹의 장치에 붙은 봉인을 깰

가장 좋은 방법을 알려주었다. 일부는
실용적이고, 일부는 형이상학적인 지시였다.
키르허는 그 퍼즐을 푼다는 건 곧 여행을 하는
것이라든가, 그와 비슷한 이야기를 했다.
상자는 길을 나타내는 지도일 뿐 아니라 길
자체이기도 했다.

　새로운 중독에 빠진 프랭크는 약물과
음주로부터 빠르게 벗어났다. 이제 그런
물건에 의지하지 않더라도 자신의 바람에
맞춰 세상을 변형할 방법을 찾았기
때문일지도 몰랐다.

　프랭크는 로도비코 스트리트로 되돌아왔다.
현재 그가 벽 뒤에 갇혀 있는 그 집이었다.
키르허가 상세히 설명해준 방법에 따라,
프랭크는 르마샹의 상자를 열어낼 준비를
했다. 프랭크는 살면서 한 번도 이처럼
절제하며 일관적으로 산 적이 없었다.
상자에서 튀어나온 존재가 살육을 벌이기
며칠 전, 그는 성인(聖人)조차 부끄러워할
만큼 금욕적인 삶을 살며 다가올 의식에 모든
에너지를 집중했다.

　프랭크는 자신이 파열의 교단을 상대하며

오만했음을 인정했다. 하지만 세상 어디에나
(이 세상 안에도, 밖에도) 오만함을 부추기는
존재들이 있었다. 교단 역시 오만함을 이용해
거래하는 것 같았다. 물론 오만함만으로
프랭크가 파멸하지는 않았을 것이다. 그랬다.
진짜 실수는 쾌락에 대한 그의 정의가
세노바이트의 정의와 유사할 것이라고
순진하게 믿었던 것이다.

세노바이트는 헤아릴 수 없는 고통을
가져왔다. 그들은 프랭크에게 과도한 감각적
쾌락을 처방했다. 프랭크의 정신은 광기의
가장자리에서 휘청였다. 그리고 그들은
프랭크를 일련의 경험에 입문시켰다. 당장
떠올리기만 해도 신경에 경련이 일어나는
일들이 벌어졌다. 세노바이트는 그것을
쾌락이라고 불렀다. 진심이었을지도 모른다.
아닐지도 몰랐다. 그들의 정신 상태를
파악하기란 불가능했다. 절망적이게도 그들은
진정한 목적이 무엇인지 내비치지 않았다.
그들은 보상과 처벌이라는 원칙을 인정하지
않았다. 그런 원칙이 있었다면, 프랭크도
고문을 당하다 보면 잠깐이나마 쉴 수

있으리라 기대할 수 있었을 텐데. 게다가 상자를 해체한 순간부터 지금까지 몇 주, 몇 달 동안 프랭크가 끝없이 간청했는데도 그들은 아무런 자비를 베풀지 않았다.

현실의 '균열' 너머 이 지옥에 연민 따위는 존재하지 않았다. 존재하는 것은 오직 눈물과 웃음뿐이었다. 간혹 프랭크는 기쁨의 눈물을 흘렸다. 단 한 번 숨을 내쉬는 동안만이라도 고문이 중단되면 눈물이 터져 나왔다. 반면 새로운 공포 앞에서는 역설적으로 웃음이 터졌다. 엔지니어라는 세노바이트가 고통을 전파하기 위해 빚어낸 공포였다.

고문은 더욱 정교해졌다. 고통이 무엇인지 치밀하게 이해한 존재가 고안한 고문이었다.

세노바이트의 포로들은 한때 점유했던 세상을 볼 수 있었다. 쾌락을 견디지 않을 때 머무는 안식의 장소에서는 이곳으로 이어진 퍼즐을 풀던 장소가 내다보였다. 프랭크의 경우, 그곳은 로도비코 스트리트 55번지의 2층이었다.

한 해의 대부분 기간 동안 그 집은 어두컴컴하기만 했다. 아무도 그 집에 들어오지 않았다. 그러다 그들이 왔다. 로리와 사랑스러운 줄리아가. 그렇게 다시 희망이 불씨를 지폈고….

탈출할 방법은 있었다. 프랭크는 그런 소문을 들었다. 이 세계의 구조에 벌어진 틈새를 교묘하고 유연하게 파고들면, 원래 있던 공간으로 탈출할 수 있다는 것이다. 일단 포로가 탈출하면, 사제들이 뒤쫓을 수 없다는 것이다.

사제들은 누군가 '균열' 너머로 소환*해야* 그 세계로 나아갈 수 있으니까. 누군가 소환하지 않는다면 세노바이트는 집 앞에 버려져 끊임없이 문이나 긁어대는 개나 다름없는 신세가 될 것이다. 그러므로 탈출에 성공한다면, 포로는 세노바이트와 맺은 잘못된 계약에서 완벽히 해방될 수 있었다. 그 정도 위험은 감수할 만했다. 아니, 위험하다고 할 수도 없었다. 해방의 희망조차 없는 고통을 상상하는 것보다 더 끔찍한 형벌은 없을 테니까.

프랭크는 운이 좋았다. 어떤 포로들은 세상에 충분한 흔적을 남기지 않고 이곳으로 떠나왔다. 그런 흔적만 있다면, 상황에 따라 신체를 다시 만들어낼 수 있는데 말이다. 프랭크는 흔적을 남겼다. 비명만 지른 게 아니었다. 그는 마지막에 고환의 내용물을 바닥으로 비웠다. 죽은 정액은 그의 본질적 자아를 모두 담기에는 빈약한 유물이었으나, 몸을 재구성할 재료로 충분했다. 사랑하는 동생 로리가 (착하고 손재주 없는 로리가) 끌을 내동댕이쳤을 때, 프랭크는 그 고통에서 힘을 얻을 수 있었다. 피를 통해 프랭크는 저 너머의 세계로 발을 내딛는 데 필요한 아주 작은 지지대를 얻었고, 안전한 곳으로 몸을 끌어올릴 한 가닥의 힘을 발견했다. 이제 모든 것은 줄리아에게 달려 있었다.

때때로 프랭크는 벽 속의 세계에서 고통받으며, 줄리아가 두려움 때문에 그를 버릴지도 모른다고 생각했다. 또는 줄리아가 자신이 본 광경을 논리적으로 이해하기 위해 모든 게 꿈이었다고 여길지도 몰랐다. 그러면 프랭크는 끝장이었다. 그는 더 이상 '균열' 너머로 모습을 드러낼 힘이 없었다.

그래도 프랭크는 희망의 징조를 보았다.

예를 들어 줄리아는 방에 두세 번씩 돌아와 어둠 속에서 벽을 보며 서 있었다. 심지어 두 번째 방문에서 줄리아는 몇 마디를 웅얼거렸다. 프랭크는 조금밖에 알아듣지 못했지만 말이다. 그는 분명 "여기." "기다려."와 "곧."이라는 단어를 들었다. 희망을 품기 충분한 말이었다.

프랭크의 낙관을 뒷받침할 또 다른 이유도 있었다. 줄리아는 길을 잃었다. 그렇지 않은가? 로리가 끌로 자신의 손에 상처를 내기 전날, 줄리아와 동생이 함께 이 방에 들어왔던 날, 줄리아의 표정을 보고 깨달았다. 프랭크는 그녀가 하는 말의 행간과, 그녀가 방심한 순간 드러낸 표정을 보고 알 수 있었다. 줄리아는 슬픔과 좌절 속에 있었다.

그래, 그녀는 길을 잃었다. 아무런 사랑을 느끼지 않는 남자와 결혼해, 도망칠 길을 찾지 못하고 있었다.

하긴, 프랭크가 여기 있으니까 됐다. 옛 시인들이 연인들은 서로를 구원할 수 있다고 한 것처럼, 프랭크와 줄리아는 서로를 구원할 수 있었다. 프랭크는 신비이자 어둠이며,

줄리아가 꿈꾸는 모든 것이다. 줄리아가 그를
해방해주기만 하면, 프랭크는 줄리아에게
봉사할 것이다. 당연히 그럴 것이다. 줄리아가
쾌락의 한계에 도달할 때까지. 모든 한계가
그렇듯 강한 것만 살아남고 약한 것은 전부
도태하는 차원에 이를 때까지.

　그 차원에서 쾌락은 고통이었다. 그리고
고통은 쾌락이었다. 프랭크는 그 차원을 이제
집이라고 부를 수 있을 정도로 잘 알고
있었다.

하나, 둘, 셋, 넷, 다섯, 여섯

†

여섯

9월 셋째 주, 추위는 매서워졌다. 북극의
한기가 탐욕스러운 바람을 몰고 와 5일 만에
나뭇가지에서 나뭇잎을 전부 벗겨버렸다.

추위가 거세지자 사람들은 옷차림을
바꿨다. 계획도 변경했다. 줄리아는 평소
걸어가는 거리를 차로 운전해 갔다. 오후 일찍
시내로 차를 몰아, 점심시간 손님이
붐비면서도 떠들썩하지는 않은 바를 찾았다.

손님들이 오갔다. 로펌이나 회계사무소에서
일하는 젊은 야심가들이 각자의 야망을
토로했다. 정장을 입은 것 빼고는 맨
정신이라고 보기 힘든 와인 주당들도 보였다.
줄리아는 혼자 테이블에 앉아 술만 마시는

몇몇에게 흥미가 있었다. 줄리아는 감탄하는
시선을 꽤 받았지만, 그런 시선을 던진 사람은
대체로 젊은 야심가들이었다. 줄리아가
도착하고 한 시간이 지나자 월급쟁이들은
각자의 직장으로 돌아갔다. 그제야 그녀는
바의 거울을 통해 자신을 훔쳐보는 누군가를
발견했다. 남자의 시선은 10분 동안이나
줄리아에게 붙박여 있었다. 줄리아는
동요하는 기색을 숨기려 계속 술을 들이켰다.
그때, 그 남자가 아무 예고 없이 일어나
줄리아의 테이블로 걸어왔다.

"혼자예요?"

그가 물었다.

줄리아는 도망치고 싶었다. 심장이 너무
심하게 두근거려, 남자가 틀림없이 그 소리를
들을 거라고 확신했다. 하지만 아니었다.
남자는 줄리아에게 술을 한 잔 더
마시겠느냐고 물었고, 줄리아는 좋다고 했다.
남자는 거절당하지 않아 기뻤는지, 바에서 술
두 잔을 주문하고 그녀 곁으로 돌아왔다. 그는
혈색 좋은 얼굴에, 짙은 파란색 정장에 비해
체구가 한 사이즈 컸다. 눈에 긴장한 기색이

드러났다. 그의 시선이 줄리아에게 잠깐
머물다가 놀란 물고기처럼 빠르게 달아났다.

진지한 대화는 나누지 않을 것이다.
줄리아는 그러기로 결심했다. 줄리아는 이
남자에 대해 알고 싶지 않았다. 필요하다면
이름은 알아야 하겠지만. 남자가 굳이 먼저
털어놓는다면, 그의 직업이 무엇인지
유부남인지 아닌지 알게 되겠지만. 어쨌든 그
이상은 알 필요가 없었다. 필요한 건 남자의
몸뚱이뿐이었다.

다행히 남자가 속을 털어놓을 위험은
없었다. 도로 포장재조차 이 남자보다 말이
많을 정도였다. 그는 이따금 미소를 지었다.
너무 가지런해서 진짜처럼 보이지 않는
치아가 짧고 긴장된 미소 위로 나타났다.
남자는 술을 더 권했다. 줄리아는 최대한 빨리
사냥을 끝내고 싶어 거절했다. 대신 그에게
커피 마실 시간이 있냐고 물었다. 남자는
그렇다고 대답했다.

"집이 여기서 겨우 몇 분 거리에 있거든요."
줄리아는 그렇게 말했다. 그들은 줄리아의
차로 향했다. 줄리아는 차를 몰면서도

(옆자리에 탑승한 존재를 '고깃덩이'처럼 여기려
애쓰며) 계속 궁금했다. 이런 일은 왜 이토록
쉬울까? 이 남자가 처음부터 희생물로 점찍기
좋아서였기 때문일까? 무기력한 눈과 인공
치아를 가진 남자는, 스스로야 알지
못하겠지만, 이렇게 될 운명으로 태어난 걸까?
그래, 그래서일 것이다. 그렇게 생각하자
줄리아는 두렵지 않았다. 이 모든 일이 완벽히
예정된 일이니까….

　　현관문에 열쇠를 넣고 돌리며 집안으로
들어섰을 때, 줄리아는 주방에서 무슨 소리를
들었다. 로리가 일찍 퇴근했을까? 혹시
아파서? 줄리아가 그를 소리쳐 불렀다. 대답은
돌아오지 않았다. 집은 비어 있었다.

　　줄리아는 미리 세워둔 빈틈없는 계획을
떠올리며 문턱을 넘었다. 그녀는 현관을
닫았다. 파란 정장을 입은 남자는 줄리아의 잘
다듬어놓은 손톱을 바라보며 신호를
기다렸다.

　　"가끔은, 외로워요."

　　줄리아는 그를 스쳐 가며 말했다. 전날 밤,
침대에서 떠올린 대사였다.

남자는 대답하는 대신 고개만 끄덕였다.
표정에 두려움과 불신이 뒤섞여 있었다.
자신의 행운을 믿지 못하는 게 분명했다.

"한 잔 더 할래요?"

줄리아가 물었다.

"아니면 바로 위층으로 갈까요?"

남자는 다시 고개만 끄덕였다.

"어느 쪽이에요?"

"술은 이미 마실 만큼 마신 것 같네요."

"그럼 위층으로 가죠."

남자는 머뭇거리며 줄리아 쪽으로
움직였다. 키스라도 하려는 것 같았다. 하지만
줄리아는 구애를 원하지 않았다. 그녀는
남자의 손길을 피하며 거실을 가로질러
계단으로 향했다.

"따라와요."

그녀가 말했다. 남자는 고분고분하게
뒤따랐다.

층계 맨 위에서, 줄리아는 남자를 힐끗
돌아보았다. 남자가 턱으로 흘러내린 땀을
손수건으로 쿡쿡 찍어 닦고 있었다. 그녀는
남자가 자신을 따라잡을 때까지 기다렸다가,

111

층계참을 따라 절반쯤 걸어 음습한 방으로
그를 데려갔다.

문이 열려 있었다.

"들어와요."

그녀가 말했다.

남자는 그 말에 순종했다. 방에 들어선
남자는 어둠에 눈이 익숙해지는 데 잠시
시간이 걸렸고, 자신이 관찰한 내용을 말로
꺼내기까지는 더 많은 시간을 필요로 했다.

"침대가 없네요."

줄리아는 문을 닫고 불을 켰다. 문 뒤에는
로리의 낡은 재킷을 걸어두었다. 재킷
주머니에는 칼을 넣어두었다.

남자가 반복했다.

"침대가 없는데요."

"맨바닥에서 하는 것도 괜찮죠?"

줄리아가 대답했다.

"바닥이요?"

"재킷 벗어요. 덥잖아요."

"그렇죠."

남자는 동의하면서도 아무 행동도 하지
않았다. 줄리아가 그에게 다가가, 넥타이

매듭을 풀었다. 남자는 떨고 있었다. 가엾은
어린 양 같으니. 울지도 못하고 겁에 질린
가여운 어린 양 같으니. 줄리아가 넥타이를
푸는 동안 그는 어깨를 움직여 셔츠를 벗으려
했다.

프랭크는 이 모습을 볼 수 있을까?
줄리아는 궁금했다. 그녀의 시선이 잠시
벽으로 향했다. 그래, 프랭크는 저 안에
있었다. 줄리아는 그렇게 생각했다. 프랭크가
보고 있어. 프랭크는 알고 있어. 프랭크는
입술을 핥으며 조바심 내고 있어.

어린 양이 말했다.

"당신은 왜…."

그가 입을 열었다.

"당신도 혹시… 벗지 그래요?"

"내 알몸을 보고 싶어요?"

줄리아가 놀리듯 말했다. 그 말에 남자의
눈이 번뜩였다.

"네."

남자가 쉰 목소리로 말했다.

"네. 그러고 싶은데요."

"아주 많이?"

113

"아주 많이."

남자는 셔츠 단추를 풀었다.

"보게 될지도 모르죠."

줄리아가 말했다.

남자는 특유의 작은 미소를 다시 지어
보였다.

"이거, 일종의 게임인가요?"

그가 물었다.

"게임을 원한다면요."

줄리아가 말했다. 그녀는 남자가 셔츠에서
빠져나오도록 도와주었다. 남자의 몸은
창백한 밀랍 같았다. 곰팡이로 이뤄진 덩어리
같기도 했다. 윗가슴은 묵직했고, 배도
마찬가지였다. 줄리아는 그의 얼굴에 양손을
댔다. 남자가 그녀의 손가락 끝에 입을
맞추었다.

"당신, 아름다워요."

남자는 몇 시간이나 그 말을 하지 못해
안달난 사람처럼 말했다.

"그래요?"

"당신도 알잖아요. 사랑스러워요. 내가 본
여자 중에 가장 사랑스러워."

"그거 참 듣기 좋군요."

줄리아는 그렇게 말하고 문을 등졌다. 등 뒤에서 남자의 허리띠 죔쇠가 짤그랑거리는 소리와, 바지를 벗으며 천이 피부에 스치는 소리가 났다.

여기까지. 이 이상은 안 돼. 줄리아는 생각했다. 줄리아는 아기처럼 벌거벗은 남자의 몸을 보고 싶지 않았다. 이대로 충분했다.

줄리아가 재킷 주머니에 손을 넣었다.

"아, 이런."

어린 양이 갑자기 말했다.

줄리아는 칼을 그대로 두었다.

"왜요?"

줄리아는 돌아서서 남자에게 물었다. 줄리아는 남자가 손가락에 낀 반지를 보아 그가 유부남이라는 걸 이미 알고 있었다. 여러 번 빨아서 이제는 펑퍼짐해진 속옷을 통해서도 알 수 있었다. 남편을 오래전에 성적으로 대하기를 포기한 아내가 마련한 볼품없는 속옷이었다.

"물 좀 빼내고 와야겠는데요."

그가 말했다.

"위스키를 너무 많이 마셨어요."

줄리아가 살짝 어깨를 으쓱하며 문을
등졌다.

"오래 안 걸려요."

남자가 줄리아의 등에 대고 말했다. 하지만
그 말이 끝나기도 전에 줄리아는 손을 재킷
주머니에 넣었다. 남자가 문 쪽으로 향할 때,
줄리아는 도살용 칼을 손에 쥐고 남자에게
덤벼들었다.

남자는 너무 빨리 걷느라 마지막 순간까지
칼날이 날아오는 걸 알아차리지 못했다.
그때조차 남자의 얼굴에는 두려움이 아니라
당혹감이 스쳤다. 그 표정이 오래가지는
못했지만. 다음 순간 남자의 몸속에 들어간
칼이 배를 갈랐다. 쉬웠다. 지나치게 숙성한
치즈를 가를 때처럼. 줄리아는 상처를 내고,
또 냈다.

피가 흐르자, 줄리아는 방이 진동한다고
확신했다. 남자에게서 울컥울컥 솟구치는
피를 보자 벽돌과 시멘트가 떨리는 듯 했다.

줄리아가 그 현상을 보고 감탄할 겨를은

숨을 한 번 쉴 정도밖에 없었다. 어린 양이
쌕쌕거리며 욕설을 내뱉더니, 줄리아가
예상했던 대로 칼날이 미치는 범위에서
벗어나는 대신 그녀에게 한 걸음 다가와
손에서 흉기를 쳐냈다. 칼은 빙글빙글 돌며
맨바닥을 가로질러 벽에 부딪혔다. 그리고
남자는 줄리아에게 달려들었다.

남자가 줄리아의 머리카락 한 움큼을
움켜쥐었다. 그는 줄리아를 해코지하기보다
탈출하고 싶어했다. 그는 문으로
벗어나자마자 머리카락을 쥔 손을 놓았다.
줄리아는 넘어져 벽에 부딪혔다. 고개를 들자
남자는 문손잡이와 씨름하고 있었다. 한
손으로는 상처를 부여잡았다.

줄리아는 서둘러야 했다. 칼이 떨어진
구석으로 뛰어가, 칼을 쥐고 한순간에
남자에게 달려들었다. 남자는 문을 조금
여는데 성공했으나 모든 동작이 느렸다.
줄리아는 우둘투둘한 자국이 난 남자의 등
한복판에 칼을 내리찍었다.

남자는 비명을 지르며 문손잡이를 놓았다.
줄리아는 칼을 빼내 다시 찔러넣었다. 세 번,

117

네 번 찔렀다. 어느 순간 그녀는 자신이
상대를 얼마나 찔렀는지도 잊었다. 남자가
죽지 않겠다고 부득부득 저항하는 바람에
독기를 품고 공격할 뿐이었다. 남자는
비틀거리는 몸으로 방을 돌아다니며 고통을
호소했다. 핏줄기가 그의 엉덩이와 다리로
흘러내렸다. 이 터무니없는 소동이 한참
이어진 뒤에야 남자는 바닥에 고꾸라졌다.

　이번에 줄리아는 자신의 감각이 틀리지
않았음을 확신했다. 이 방이, 이곳에 깃든
영혼이 기대 섞인 한 줄기 한숨으로 응답했다.

　어딘가에서 종소리가 울렸고….

　드디어 줄리아는 어린 양이 숨을 거뒀음을
실감했다. 그녀는 피로 얼룩진 바닥을
가로질러 남자가 누워 있는 곳으로 다가갔다.

　"이제 됐어?"

　그리고 줄리아는 얼굴을 씻으러 갔다.

　줄리아는 층계참을 걸어가면서 음습한
방의 신음을 들었다. 신음이라고밖에 할 수
없었다. 그녀는 걸음을 멈추었다. 돌아가고
싶은 충동이 들었다. 그러나 두 손에 끈적하게
말라붙은 피가 역겨웠다.

화장실에서 줄리아는 꽃무늬 블라우스를 벗고 먼저 두 손을 씻은 뒤, 피로 얼룩진 두 팔을 닦고 마지막으로 목을 헹궜다. 물을 끼얹자 소름이 끼치는 동시에 각오가 생겼다. 기분이 좋았다. 그리고 줄리아는 칼을 씻고 세면대를 헹구었다. 굳이 몸을 말리거나 옷을 입지는 않고 층계참을 따라 돌아갔다.

몸을 말리거나 옷을 입을 필요가 없었다. 방은 용광로와 같았다. 죽은 남자에게 흘러나온 생기가 맥동했다. 그러나 기운은 멀리 가지 못했다. 바닥에 흘러내린 핏줄기가 프랭크가 갇힌 벽면으로 느릿하게 흘러갔다. 벽면에 가까워지자 핏방울이 끓어올라 증발했다. 줄리아는 홀린 듯 그 광경을 바라보았다. 그게 끝이 아니었다. 시체에 무슨 일이 일어나고 있었다. 시체의 모든 영양소가 어딘가로 빨려들어갔다. 내장이 빨려 나가면서 경련을 일으켰다. 배와 목구멍에서 기체가 신음을 냈고, 놀란 줄리아의 눈앞에서 피부가 바짝 말랐다. 어느 순간, 플라스틱 치아가 목구멍으로 떨어졌다. 남은 잇몸마저 메말라갔다.

찰나에 모든 현상이 끝났다. 몸뚱이가
제공할 수 있는 쓸 만한 영양소가 전부
흡수당했다. 남은 껍데기는 벼룩조차 먹여
살릴 수 없을 정도였다. 시체의 모든 영양소가
어딘가로 빨려들어갔다.

갑자기 전구가 깜빡거렸다. 줄리아는 벽이
진동하면서 숨어 있던 연인을 뱉어낼 것이라
기대하며 그곳을 바라보았다. 하지만
아니었다. 전구는 꺼졌다. 낡아빠진 블라인드
사이로 희미한 빛이 스멀스멀 들어올
뿐이었다.

"어디 있어?"

줄리아가 말했다.

벽은 여전히 침묵을 지켰다.

"어디 있냐고?"

벽은 여전히 반응이 없었다. 방은
서늘해졌다. 줄리아는 문득 겁이 났다. 그녀는
희생양의 메마른 팔에 남아 있던 야광 시계를
내려다보았다. 시계는 주인을 저세상으로
데려간 종말에는 아랑곳하지 않고 여전히
째깍거리며 움직였다. 4시 41분이었다.
로리는 교통 상황에 따라 5시 15분 이후

언제든 돌아올 것이다. 줄리아는 그전에 해야
할 일이 있었다.

그녀는 파란 정장과 나머지 옷가지를 둘둘
말아 비닐봉지 몇 개에 나눠 담았고, 남은
잔해를 치울 커다란 봉지를 찾았다. 그녀는
프랭크가 이 일을 돕기 위해 나타날 거라
기대했지만, 그가 나타나지 않았으므로 어쩔
수 없이 혼자 처리해야 했다. 방으로 돌아가자
희생양의 육신은 여전히 시들어가고 있었으나
그 속도는 눈에 띄게 느려졌다.

프랭크가 여전히 시체에서 빨아들일 수
있는 영양분을 찾고 있는 건지도 몰랐다.
하지만 줄리아 생각에는 그런 것 같지 않았다.
그보다는 골수와 체액이 전부 깨끗하게 빨려
나간 희생자의 육신이 더 이상 스스로를
유지할 힘이 없는 것 같았다. 줄리아가
몸뚱이를 조각조각 나누어 봉지에 넣었을 때,
그 무게는 어린아이 정도에 불과했다.
줄리아가 봉지를 밀봉하고 차로 가져가려는데
현관문이 열리는 소리를 들었다.

줄리아의 마음속에 꾹꾹 눌러두었던
두려움이 댐 터지듯 쏟아졌다. 줄리아는

온몸이 떨렸다. 눈물이 흘러 코가 따끔거렸다.

"지금은 안 돼…."

줄리아는 자신을 타일렀지만, 두려움을 억누를 수가 없었다.

아래쪽 복도에서 로리의 목소리가 들렸다.

"자기야?"

'자기야'라니! 두려움 때문만 아니면 그녀는 웃음을 터트렸을지도 몰랐다. 로리가 그녀를 찾는다면, 마땅히 나타나줄 수도 있었다. 방금 씻은 가슴을 드러내고, 죽은 남자를 품에 안은 모습 그대로.

"어디 있어?"

줄리아는 대답하기 전에 망설였다. 그녀의 성대도 똑같이 속임수를 쓸 수 있을지 확신이 서지 않았다.

로리가 세 번째로 외쳤다. 그가 주방에 들어서자 목소리가 바뀌었다. 잠시 뒤 로리는 줄리아가 스토브 앞에서 소스를 젓고 있지 않다는 걸 알아차릴 것이다. 그러면 위층으로 올라올 것이다. 줄리아에게 남은 시간은 기껏해야 10초에서 15초뿐이었다.

줄리아는 로리가 위층에서 나는 소리를

듣지 못하도록 최대한 발소리를 내지 않으려 애쓰며 꾸러미를 들고 층계참 끝에 자리한 빈방으로 향했다. 침실로 쓰기에는 너무 작아, (아이가 쓴다면 모를까.) 부부는 그곳을 창고처럼 쓰고 있었다. 반쯤 빈 차 상자, 놔둘 자리를 찾지 못한 가구, 온갖 잡동사니를 처박아두었다. 줄리아는 뒤집힌 안락의자 뒤에 잠시 봉투를 내려두었다. 그리고 문을 닫고 나왔다. 그때 로리가 계단 아래에서 부르는 소리가 들렸다. 그가 올라오고 있었다.

"줄리아? 줄리아, 여보. 어디 있어?"

줄리아는 욕실로 슬쩍 들어가 거울을 보았다. 얼굴이 새빨갰다. 욕조 옆에 걸어두었던 블라우스를 뒤집어 썼다. 퀴퀴한 냄새가 났다. 꽃무늬 사이에 피가 튀어 있을 터였다. 하지만 달리 입을 옷이 없었다.

로리가 층계참을 따라 걸어오고 있었다. 그의 발소리가 코끼리처럼 울렸다.

"줄리아?"

줄리아는 대답했다. 떨리는 목소리가 그대로 튀어나왔다. 거울을 보자 그녀가 두려워했던 사실이 그대로 드러났다. 그녀가

멀쩡해 보일 가능성은 전혀 없었다. 줄리아는
이를 역으로 활용할 수밖에 없었다.

"괜찮아?"

로리가 물었다. 그는 문밖에 있었다.

"아니."

줄리아가 말했다.

"몸이 안 좋아."

"아, 이런….."

"금방 괜찮아질 거야."

로리가 문손잡이를 돌렸지만, 줄리아가
걸쇠를 채워놓은 뒤였다.

"잠깐만 혼자 있어도 돼?"

"의사 부를까?"

"아니."

줄리아가 말했다.

"부르지 마. 정말이야. 근데 브랜디 한 잔
마시면 좋을 것 같아."

"브랜디라니….."

"금방 내려갈게."

"뭐든 마님 원하시는 대로 해야죠."

로리가 장난스럽게 말했다. 줄리아는
층계참 끝까지 터벅터벅 걸어갔다가 계단을

내려가는 그의 발소리에 집중했다. 로리가
위층 소리를 들을 수 없는 곳까지 나아갔다는
계산이 서자, 그녀는 걸쇠를 젖히고
층계참으로 나왔다.

늦은 오후, 해가 빠르게 지고 있었다.
층계참은 어둑한 터널처럼 보였다.

아래층에서 유리잔이 딸그랑거리며
부딪치는 소리가 들렸다. 그녀는 용기를 내
빠르게 프랭크의 방으로 향했다.

어둠이 내린 방은 오직 정적뿐이었다. 벽은
더 이상 진동하지 않았고, 먼 곳에서
메아리치는 종소리도 울리지 않았다.
줄리아가 문을 열어젖히자 삐걱거리는 소리가
났다.

줄리아는 일을 마친 흔적을 완전히
정리하지 못했다. 바닥에는 먼지와 인간의
뼛가루와 메마른 살점이 흩어져 있었다.
그녀는 꿇어앉아 그것들을 부지런히 모았다.
로리의 말이 옳았다. 그녀는 참으로 완벽한
가정주부가 아닌가.

줄리아가 다시 일어섰을 때, 방안에 드리운
짙어지는 그늘 속에서 무언가가 꿈틀거렸다.

125

줄리아는 움직임이 느껴진 쪽을 보았으나,
그녀의 시선이 구석에 있는 형체를
확인하기도 전에 목소리가 들려 왔다.

"날 보지 마."

지친 목소리였다. 온갖 사건과 세월에
시달린 목소리였다. 그 목소리에는 *실체가*
있었다. 그녀가 들이쉬는 그 공기의 떨림을
통해 *한 음절 한 음절*이 전달되었다.

"프랭크."

줄리아가 말했다.

"그래…."

목소리가 끊어질 듯 겨우 들려 왔다.

"나야."

아래층에서 로리가 소리쳤다.

"괜찮아?"

줄리아는 문으로 걸어갔다.

"훨씬 나아졌어."

줄리아가 대답했다.

줄리아의 등 뒤에 숨겨진 존재가 말했다.

"나한테 *가까이 오지 마*."

말투는 신경질적이고 다급했다.

"괜찮아."

줄리아가 프랭크에게 속삭였다. 그리고 로리에게 말했다.

"금방 갈게. 음악 좀 틀어줘. 마음이 가라앉는 걸로."

로리는 그러겠다고 대답하고 거실로 물러났다.

"난 절반만 만들어졌어."

프랭크의 목소리가 말했다.

"네가 날 보는 걸 원치 않아. ⋯누구도 날 보지 못하면 좋겠어. ⋯이런 꼴로는⋯."

말은 다시 한 번 끊어졌다. 기진맥진한 목소리였다.

"난 피가 더 필요해, 줄리아."

"더?"

"빠른 시일 내로."

"얼마나 더 필요해?"

줄리아가 그림자를 향해 물었다. 이번에는 구석에 도사리는 형체를 더 선명히 눈에 담을 수 있었다. 프랭크가 아무도 자신을 보지 않기를 바라는 이유를 이해할 수 있었다.

"그냥, 더."

그가 말했다. 속삭임이나 다름없었으나,

목소리가 내뿜는 갈망에 줄리아는 겁에
질렸다.

"난 가야 해…."

아래층에서 음악이 들려 왔다.

어둠 속에서 대답은 돌아오지 않았다.
줄리아는 문 앞에 서서, 다시 뒤를
돌아보았다.

"당신이 돌아와서 기뻐."

줄리아가 말했다. 문을 닫는 순간, 그녀는
등 뒤에서 웃음 소리를 들었다. 아니, 어쩌면
흐느낌일 수도 있었다.

하나, 둘, 셋, 넷, 다섯, 여섯, 일곱

일곱

"커스티? 너야?"

"응? 누구세요?"

"나야, 로리⋯."

통화 품질이 물에 젖은 것처럼
지지직거렸다. 창밖에서 퍼붓는 폭우가
전화선에도 스며든 것만 같았다. 그래도
커스티는 로리의 목소리를 들을 수 있어서
기뻤다. 로리는 전화를 거는 경우가 거의
없었고, 전화를 하더라도 자신과 줄리아
모두의 뜻을 전달하려는 경우가 많았다.
하지만 이번에는 달랐다.

로리는 줄리아에 대해 상담하고 싶어 했다.

"줄리아가 좀 이상해, 커스티."

로리가 말했다.

"뭐가 문제인지 모르겠어."

"아프다는 말이야?"

"그럴지도 몰라. 그냥, 나한테 너무 이상하게 굴어. 안색도 형편없고."

"줄리아하고는 잘 대화해봤어?"

"자기는 괜찮대. 근데 아무리 봐도 안 괜찮아. 혹시 너한테 털어놓은 게 있나 궁금해서."

"너희 집들이 이후로는 본 적도 없는걸."

"그것도 문제야. 줄리아가 집에서 나가려고도 안 해. 줄리아답지 않아."

"혹시 내가… 줄리아랑 얘기해볼까?"

"그럴 수 있어?"

"나랑 얘기한다고 달라지는 게 있을지는 모르겠지만, 노력은 할게."

"내가 부탁했다는 말은 하지 말고."

"당연히 안 하지. 내일 집으로 전화할게."

("내일. 내일이어야 해.")

("그래…. 알아.")

("통제력을 잃을까 봐 두려워, 줄리아. 다시

돌아갈까 봐.")

"목요일에 회사에서 전화할게. 네가 볼 때
줄리아가 어떤지만 알려주면 돼."

("돌아가다니?")
("지금쯤 그들은 내가 사라졌다는 걸 알아챘을
거야.")
("누가?")
("파열의 교단. 나를 잡아간 개자식들….")
("놈들이 당신을 기다려?")
("벽 너머의 세계에서.")

로리가 정말 고맙다고 하자, 커스티는
친구라면 그 정도 부탁은 당연히 들어줄 수
있는 거라고 응수했다. 로리가 수화기를
내려놓자, 커스티는 혼자 남겨진 집에서
끊어진 전화 너머로 마치 빗소리처럼
치직거리는 노이즈를 들었다.
이제는 커스티도, 로리도 줄리아를 위해
헌신해야 했다. 둘은 그녀의 안녕을 돌보고,
그녀가 악몽을 꾸면 걱정해야 했다.

상관없었다. 그것도 일종의 유대니까.

†

흰색 넥타이를 맨 남자는 망설이지 않았다.
줄리아를 보자마자 곧장 다가왔다. 줄리아는
그가 다가오는 순간, 적절한 희생양이
아니라고 판단했다. 덩치가 너무 컸고
자신감이 넘쳤다. 첫 번째 남자와 몸싸움을
벌인 이후, 줄리아는 대상을 신중히 고를
작정이었다. 그래서 흰색 넥타이가 무슨 술을
마시느냐고 묻자 그녀는 혼자 내버려두라고
말했다.

그는 거절에 익숙한 듯, 줄리아의 말을
받아들이고 성큼성큼 걸어 바로 물러났다.
줄리아는 다시 술을 들이켰다.

오늘은 비가 세차게 내리고 있었다.
72시간째 비가 간헐적으로 퍼붓는 중이었다.
일주일 전보다 술집에는 손님이 적었다. 한두
명이 거리에서 물독에 빠진 생쥐 꼴로
들어왔지만, 누구도 몇 초 이상 줄리아를
쳐다보지 않았다. 시간이 계속 흘렀다. 벌써

두 시가 지났다. 줄리아는 로리가 집에 일찍
돌아와 꼼짝 못하게 되는 위험을 감수할
생각이 없었다. 그녀는 잔을 비우고, 오늘은
프랭크에게 운이 없다고 생각하기로 했다.
그리고 그녀는 술집에서 나와 쏟아지는
빗속으로 들어갔다. 우산을 펼치고 자동차로
향했다. 줄리아의 등 뒤에서 발소리가 들렸다.
흰색 넥타이가 그녀의 곁에 나타났다.

"내가 묵는 호텔이 근처에 있어요."

"아⋯."

줄리아는 짧게 반응하고는 계속 걸어갔다.
하지만 남자는 쉽게 떨어지지 않았다.

"난 여기 이틀밖에 머물지 않고요."

그가 말했다.

나를 시험하지 마, 줄리아는 그렇게
생각했다.

"그냥 같이 있을 사람을 찾고 있어서⋯."

그가 말을 이었다.

"사람이랑 얘기해본 적이 언젠지
모르겠네요."

"정말요?"

남자가 그녀의 손목을 붙잡았다. 너무 세게

쥐어서, 줄리아는 소리를 지를 뻔했다. 그때 그녀는 이 남자를 죽여야겠다고 마음먹었다. 그가 줄리아의 눈에서 욕망을 읽은 듯했다.

"내 호텔로 갈까요?"

그가 물었다.

"호텔은 별로 안 좋아해요. 너무 개인적인 느낌이 없어서."

"더 좋은 생각 있어요?"

그가 줄리아에게 말했다.

물론 줄리아에게는 더 좋은 생각이 있었다.

그는 물이 뚝뚝 떨어지는 코트를 현관 옷걸이에 걸었다. 줄리아가 술을 권하자 그는 흔쾌히 받았다. 그의 이름은 패트릭, 뉴캐슬 출신이었다.

"출장 왔어. 와서 별로 해낸 건 없지만."

"왜?"

패트릭이 어깨를 으쓱했다.

"내 영업 실력이 형편없었나 보지. 단순해."

"뭘 파는데?"

줄리아가 물었다.

"무슨 상관이야?"

그가 칼날처럼 날카롭게 물었다.

줄리아는 씩 웃었다. 이 남자에게서
인간적인 매력을 느끼기 전에, 빨리 그를
위층으로 데려가야 했다.

"잡담은 이쯤 할까?"

줄리아가 말했다. 진부했지만, 가장 먼저
떠오른 대사였다. 패트릭은 남은 술을 단숨에
꿀꺽 삼키고 그녀가 이끄는 대로 따랐다.

이번에 그녀는 문을 열어두지 않았다. 닫혀
있는 문이 패트릭의 흥미를 끌었다.

"당신 먼저."

문이 휙 열리자 그가 말했다.

줄리아가 앞장 섰다. 그가 따라 들어왔다.
줄리아는 이번에 옷을 벗지 않을 작정이었다.
옷에 그의 살점이 묻는다고 해도 상관없었다.
줄리아는 패트릭에게 이 방에 다른 누군가
있다는 걸 눈치챌 기회를 주지 않을
생각이었다.

"바닥에서 하려고?"

그가 태연하게 물었다.

"왜, 싫어?"

"당신이 좋다면야."

패트릭은 그렇게 말하고 자신의 입으로

줄리아의 입을 틀어막았다. 그의 혀가 충치를 찾듯 줄리아의 치아를 더듬었다. 줄리아는 패트릭이 제법 열정적이라고 생각했다. 벌써 그의 단단한 몸이 그녀에게 밀착되었다. 그러나 줄리아에게는 해야 할 일이 있었다. 피를 쏟아내고 그 피를 양분으로 만들어야 했다.

줄리아는 키스를 멈추고 그를 뿌리치려 했다. 칼은 문에 걸어둔 재킷에 넣어두었다. 칼을 손아귀에 넣지 못하면 줄리아는 패트릭을 물리칠 수 없었다.

"왜 그래?"

패트릭이 말했다.

"아무것도 아니야…."

줄리아가 웅얼거렸다.

"서두르지 말자. 시간이야 얼마든지 있으니까."

그녀가 안심시키려고 바지 앞섶을 소중한 강아지 다루듯 어루만지자 패트릭은 눈을 감았다.

"당신은 이상한 사람이야."

그가 말했다.

"눈 뜨지 말아 봐."

줄리아가 말했다.

"뭐?"

"눈 감고 있어."

패트릭은 인상을 찌푸렸지만 순순히
따랐다. 줄리아는 문 쪽으로 한 걸음 물러나
재킷 주머니를 더듬으며 패트릭이 여전히
눈을 감고 있는지 힐끗 확인했다.

패트릭은 눈을 감은 채 지퍼를 내리는
중이었다. 줄리아가 칼을 쥔 순간, 방에
드리운 그림자에서 으르렁거리는 소리가
들렸다.

패트릭이 그 소리를 듣고 눈을 번쩍 떴다.

"방금 뭐였어?"

그가 홱 돌아서서 어둠 속을 노려보았다.

"아무것도 아니야."

줄리아가 칼을 꺼내며 단호히 말했다.
패트릭은 줄리아에게서 떨어져 방을
가로질렀다.

"저기 뭔가가 있어…."

"안 돼."

"…여기 뭔가가…."

139   일곱

    그의 마지막 한마디가 입가에서
머뭇거렸다. 창문 옆 구석에서 안달 난 듯
움직이는 무언가를 언뜻 목격한 탓이다.

    "저게… 대체 무슨…?"

    그가 입을 열었다. 패트릭이 어둠 속을
가리키는 순간 줄리아가 달려들어 도살자처럼
능숙하게 목을 베었다. 피가 즉시 뿜어져
나왔다. 굵은 핏줄기가 축축한 철퍽 소리를
내며 벽을 적셨다. 프랭크가 기뻐하는 소리와
죽어가는 남자의 고통스러워하는 길고 낮은
비명이 들렸다. 패트릭은 목을 손으로 막아
피가 더 이상 흘러나오지 못하게 멈추고자
했다. 하지만 줄리아가 다시 덤벼들어
애원하는 그의 손과 얼굴을 베어버렸다. 그는
비틀거리며 신음했다. 마침내 패트릭은
경련하며 쓰러졌다.

    줄리아는 패트릭의 버둥거리는 다리를
피하려고 물러났다. 방 한구석에서 프랭크는
앞뒤로 몸을 흔들었다.

    "잘했군…."

    프랭크가 말했다.

    줄리아의 착각일까? 왜 프랭크의 목소리가

벌써 전보다 우렁찬 걸까? 이번에 난
목소리는 약탈당한 그 세월 동안 줄리아가
머릿속에서 천 번은 들었던 목소리와 더
비슷해진 것만 같았다.

초인종이 울렸다. 줄리아가 얼어붙었다.

"아, 세상에."

줄리아가 입을 뗐다.

"괜찮아…."

그림자가 대답했다.

"놈은 죽은 것이나 마찬가지야."

흰 넥타이를 맨 남자를 내려다보았다.
프랭크의 말이 옳았다. 이제 경련마저 멈춘
뒤였다.

"덩치가 크군."

프랭크가 말했다.

"건강하고."

프랭크가 줄리아의 시야로 들어섰다.
양분에 굶주린 그는 줄리아의 시선을 피하지
않았다. 줄리아는 처음으로 프랭크를 똑똑히
살펴볼 수 있었다. 그는 인간만이 아니라
생명을 본떴다고 하기도 어려운 끔찍한
존재였다. 줄리아는 시선을 돌렸다.

초인종이 한 번 더 길게 울렸다.

"가봐."

프랭크가 지시했다.

줄리아는 대답하지 않았다.

"*어서.*"

프랭크는 그렇게 말하며, 그 더러운 머리를 줄리아 쪽으로 돌렸다. 썩어가는 육신 속에 박힌 눈동자가 예리하고 밝게 빛났다.

초인종이 세 번째로 울렸다.

"손님이 아주 끈질기네."

프랭크는 줄리아가 명령을 듣지 않자 설득조로 말했다.

"정말로 가봐야 할 것 같은데."

줄리아는 그에게서 물러났다. 프랭크는 바닥의 시체로 관심을 돌렸다.

초인종이 또다시 울렸다.

내려가서 현관을 여는 게 나을지도 몰랐다. 줄리아는 방에서 울릴 끔찍한 소리를 듣고 싶지 않았다. 그렇다면 문을 열어 손님을 맞이하는 게 나을 터였다. 보험판매원이나 구원 소식을 가져온 여호와의 증인이겠지. 그들과 얘기를 나누며 일이 끝날 때까지 시간을 보내는 것도 괜찮은 방법이었다.

초인종이 다시 울렸다.

"나가요!"

줄리아는 서둘렀다. 이제는 방문자가 떠날까 봐 두려웠다. 줄리아는 문을 열면서 한껏 반가운 표정을 지었으나, 방문자를 보자마자 바로 얼굴이 굳고 말았다.

"커스티구나."

"방금 포기하려 했어."

"그게… 자고 있었어."

"아."

커스티는 문을 열어준 유령 같은 사람을 바라보았다. 로리의 말마따나 녹초가 된 줄리아를 예상했지만, 전혀 달랐다. 줄리아의 얼굴은 발그레했다. 땀에 젖어 빛깔이 어두워진 머리카락 몇 가닥이 이마에 붙어 있었다. 방금 자다가 깬 사람처럼 보이지 않았다. 침대에서 다른 행위를 했을지는 몰라도, 수면을 취한 건 아니었다.

커스티가 말했다.

"그냥, 수다나 떨까 해서."

줄리아가 반쯤 어깨를 으쓱했다.

143

"글쎄, 지금은 딱히 그럴 상황이 아닌데."

커스티가 말했다.

"그렇구나."

"주말에는 어때?"

커스티의 시선이 줄리아를 떠나 복도의 외투걸이로 향했다. 남성용 개버딘 코트가 젖은 채 걸려 있었다.

"로리 안에 있어?"

커스티가 대담하게 물어보았다.

"아니."

줄리아가 말했다.

"당연히 없지. 직장에 있어."

줄리아의 얼굴이 심각해졌다.

"그래서 온 거야? 로리 만나러?"

"아니, 난…."

"나한테 허락받을 필요는 없어. 알겠지만, 로리는 성인이니까. 너희 둘이 하고 싶은 대로 엿 같은 짓을 하면 돼."

커스티는 따지지 않았다. 갑작스러운 태도 변화에 머리가 아찔했다.

"집에 가."

줄리아가 말했다.

"너랑 얘기하고 싶지 않아."

줄리아는 현관문을 쾅 닫았다.

커스티는 현관 앞에서 30초 동안 떨며 서 있었다. 무슨 일이 벌어지는지 의심할 여지가 없었다. 젖은 코트, 줄리아의 불안, 붉게 상기된 얼굴, 갑작스러운 분노. 줄리아가 바람을 피고 있었다. 가엾은 로리는 모든 신호를 잘못 읽었다.

커스티는 현관 앞 계단을 떠나 거리로 내려갔다. 온갖 생각이 머릿속에 뒤엉켰다. 마침내 한 가지 생각이 뚜렷해졌다. 로리에게 이 사실을 어떻게 전함담? 로리는 상심할 것이다. 분명했다. 어쩌면 이 불운한 소식을 전한 커스티를 오히려 더러운 이야기나 소문내는 쓰레기처럼 취급할 수도 있었다. 그러지 않을까? 눈물이 차올랐다.

하지만 눈물은 나오지 않았다. 오솔길에서 포장도로로 올라서자, 다른 감각이, 더 뚜렷한 감각이 커스티를 사로잡았다.

커스티는 감시당하고 있었다. 뒤통수에 닿는 누군가의 시선이 느껴졌다. 줄리아일까? 왠지 아닐 것 같았다. 줄리아의 애인일 것이다. 그래, 애인!

거리에 드리운 집의 그림자를 벗어나자, 커스티는 뒤를 돌아보려는 충동을 이기지 못했다.

음습한 방에서 프랭크는 블라인드에 뚫어놓은 구멍을 내다보았다. 방문자는 (그는 방문자의 얼굴을 어렴풋하게 알아보았다.) 집을 쳐다보고 있었다. 실은, 다름 아닌 그의 창문을 보고 있었다. 프랭크는 그녀가 자신을 전혀 볼 수 없으리라고 자신하며 그녀를 마주 쏘아보았다. 저 여자는 매혹적인 사람은 아니었다. 그러나 여자의 수수함에는 끌리는 무언가가 있었다. 경험상 동반자로 삼기에는 저런 여자가 줄리아 같은 미인보다 나았다. 프랭크는 달콤함과 강요를 뒤섞어 저런 여자들을 유혹해, 미인들이라면 절대 허락하지 않을 행위까지 할 자신이 있었다. 저런 여자들은 관심만 줘도 고마워했다. 저 여자는 다시 돌아올 것이다. 프랭크는 그러기를 바랐다.

커스티는 집을 정면으로 훑어보았지만, 아무것도 없었다. 창문 뒤는 텅 빈 어둠뿐이거나 커튼이 내려가 있었다.

누군가의 시선은 계속 느껴졌다. 너무 강렬한 느낌에 커스티는 당황하며 돌아섰다.

로도비코 스트리트를 따라 걸어가는데 비가 내렸다. 커스티는 비를 반겼다. 덕분에 상기된 뺨이 식어갔고, 빗물은 참을 수 없어 터져 나온 눈물을 가려줬다.

†

줄리아는 떨리는 심정으로 계단을 오르다가, 문 앞에서 흰색 넥타이의 남자를 발견했다. 아니, 그의 머리를 발견했다. 프랭크가 탐욕과 악의에 가득 차 시체를 갈기갈기 찢어놓은 것이다. 뼛조각과 메마른 살점이 방 여기저기에 흩뿌려져 있었다.

시체를 섭취한 미식가의 모습은 보이지 않았다.

줄리아가 문 쪽으로 돌아서자, 프랭크가 앞길을 가로막았다. 불과 몇 분 전, 프랭크는 죽은 남자에게서 생기를 흡수하려고 허리를 숙였다. 그 짧은 시간 동안 프랭크는 완전히 달라졌다.

마른 연골이 있던 자리에 근육이 차올랐다.
동맥과 정맥이 새롭게 지도를 그려 나가며
훔친 생명의 힘으로 맥동하고 있었다. 심지어
머리털도 났다. 둥글게 드러난 그의 머리에
피부가 없다는 점을 생각했을 때 약간은
일렀지만.

어떤 변화도 그의 외모를 더 낫게 만들지는
못했다. 사실 그의 외모는 더 끔찍해졌다.
전에는 아예 프랭크라고 알아볼 형체조차
아니었으나, 지금은 여기저기 인간의 흔적이
보였다. 그로 인해 참혹한 흉터들이
두드러졌다.

더 나쁜 것도 있었다. 그는 말을 했다.
목소리는 틀림없는 프랭크였다. 더 이상
음절이 끊어지지 않고 자연스레 이어졌다.

"고통이 느껴져."

프랭크가 말했다.

눈썹과 이마가 존재하지 않는, 살점이
절반만 붙은 눈꺼풀 아래로 흔들리는
눈동자가 줄리아의 모든 반응을 살폈다.
줄리아는 메스꺼움을 감추려 애썼지만,

도저히 숨길 수 없었다.

"신경이 되살아나고 있어."

프랭크가 말했다.

"아파."

"내가 어떻게 하면 돼?"

줄리아가 물었다.

"어쩌면… 어쩌면 붕대가 좀 필요할지도
몰라."

"붕대?"

"내가 몸을 감게 도와줘."

"원한다면야."

"하지만 그게 전부가 아니야, 줄리아. 다른
몸이 더 필요해."

"하나 더?"

줄리아가 말했다. 대체 언제 끝나는 걸까?

"더 이상 망설일 것도 없잖아?"

프랭크가 줄리아에게 다가갔다. 그가
갑작스럽게 가까워지자 줄리아는 매우
불안해졌다. 프랭크는 그녀의 얼굴에 떠오른
두려움을 읽고 더 이상 다가오지 않았다.

"난 곧 완전해질 거야…."

프랭크가 약속했다.

"그렇게 되면…."

"여길 치워야겠어."

줄리아가 시선을 돌렸다.

"그렇게 되면, 사랑하는 줄리아…."

"곧 로리가 올 거야."

"로리!"

프랭크는 그 이름을 씹어뱉듯 발음했다.

"사랑하는 내 동생 말이지! 넌 대체 어쩌다 그런 얼간이랑 결혼한 거야?"

줄리아는 프랭크에게 갑작스러운 분노가 치솟았다.

"난 로리를 사랑했어."

줄리아가 말했다. 잠시 생각에 잠기더니, 말을 바로잡았다.

"사랑한 줄 알았어."

프랭크가 웃음을 터트리자 살갗이 벗겨진 그의 끔찍함이 두드러졌다.

"어떻게 그런 생각을 할 수 있지? 놈은 한심한 놈이야. 언제나 그랬어. 언제까지나 그럴 테고. 도전 정신 따위는 없지."

"당신과는 다르게."

"나와는 다르게."

줄리아는 바닥을 내려다보았다. 둘 사이에 죽은 남자의 손이 굴러다녔다. 순간, 줄리아는 자기혐오에 압도당할 뻔했다. 지난 며칠간 그녀가 한 모든 일이, 하고자 꿈꾸었던 모든 일이 눈앞에 떠올랐다. 유혹으로 시작해 죽음으로 끝나고 만 행진. 줄리아는 프랭크를 되살리기 위해 사람들을 유혹해 죽였고, 프랭크가 줄리아에게 사랑과 유혹을 되돌려주길 바랐다. 그녀의 기대와 달리 현실은 끔찍했다. 줄리아는 자신이 프랭크만큼 저주받았다고 생각했다. 프랭크의 머릿속에 둥지를 튼 더러운 야망보다 더 추악한 욕심이 줄리아의 머릿속에서 속삭이며 퍼덕거렸다.

그래… 이미 저지른 일이었다.

"나를 고쳐줘."

프랭크가 속삭였다. 목소리에서 거친 기색은 사라지고 없었다. 그는 연인처럼 부드러웠다.

"나를 고쳐줘…. 부탁이야."

"그럴게."

줄리아가 말했다.

"약속할게."

"그런 다음엔, 우리가 함께하는 거야."

줄리아는 인상을 찡그렸다.

"로리는?"

"우리는 형제야. 한 꺼풀만 벗기면 똑같아."

프랭크가 말했다.

"내가 로리한테 이 일이 얼마나 지혜로운 일인지 알려줄게. 얼마나 기적적인 일인지 말이야. 당신은 로리의 것이 아니야, 줄리아. 더이상은."

"그래."

줄리아가 말했다. 사실이었다.

"우린 서로의 것이야. 당신이 원하는 것이 그거지?"

"그게 내가 원하는 거야."

"당신도 알겠지만, 당신이 있었다면 난 절망하지 않았을 거야."

프랭크가 말했다.

"내 몸과 영혼을 그들에게 값싸게 팔아넘기지 않았을 거야."

"값싸게?"

"쾌락을 위해, 단순한 관능을 위해

팔아넘겼지. 하지만 난 당신한테서….”

이쯤에서 프랭크는 줄리아에게 조금씩
다가갔다. 이번에 줄리아는 홀린 듯 그의 말을
듣고 있었다. 그녀는 물러나지 않았다.

“당신에게서 나는 삶의 이유를
발견했을지도 몰라.”

“내가 여기 있어.”

줄리아가 말했다. 그녀는 무심코 손을 뻗어
그를 어루만졌다. 프랭크의 육신은 뜨겁고
축축했다. 사방에서 그의 혈관이 맥동하는 것
같았다. 부드러운 신경다발 하나하나마다,
피어나는 힘줄 하나하나마다, 그의 육체에
닿을 때마다, 줄리아는 흥분했다. 이 순간까지
프랭크를 진짜라고 완전히 믿지 못했던
것이다. 하지만 이제는 부정할 수 없었다.
줄리아가 이 남자를 만들었다. 아니,
재창조했다. 그녀의 지성과 교활함으로 그의
실체를 빚어냈다. 너무도 나약한 육체를
매만지면서 줄리아는 전율을 느꼈다. 이
남자를 소유했다는 깨달음에서 오는
전율이었다.

“지금이 가장 조심해야 할 때야.”

프랭크가 말했다.

"지금까지는 나 스스로를 숨길 수 있었어.
그동안 실체가 존재하지 않았으니까. 하지만
더는 아니야."

"그래. 나도 그렇게 생각했어."

"빨리 해치워버려야 해. 난 강하고
완전해져야 해. 어떤 대가를 치르더라도. 같은
생각이야?"

"물론."

"그 뒤에는 더 이상 기다리지 않아도 될
거야, 줄리아."

그 생각에 프랭크의 맥박이 빨라지는
듯했다.

프랭크는 줄리아 앞에 무릎을 꿇었다.
완성되지 않은 두 손이 그녀의 엉덩이를
더듬었고, 입술이 뒤따라 몸에 키스했다.

줄리아는 혐오감을 마저 떨쳐버리고 그의
머리에 손을 얹었다. 아기처럼 부드러운
머리카락과 그 아래의 단단한 두개골을
만져보았다. 프랭크는 줄리아를 안았던
지난번처럼 거칠었다.

하지만 절망은 줄리아에게 돌에서도 피를

짜내는 절묘한 기술을 가르쳤다. 시간이
지나면, 그녀는 이 혐오스러운 존재로부터
사랑을 얻을 수 있을 것이다. 왜 그런 일이
불가능한지 분명히 알게 되거나.

여덟

그날 밤 천둥이 쳤다. 비를 동반하지 않은
폭풍이 공기 중에 쇠 비린내를 퍼트렸다.

커스티는 항상 잠을 설쳤다. 어렸을 때도
그랬다. 커스티의 어머니는 온 나라를 달랠
만한 자장가들을 다 불러줬지만, 커스티는
쉽게 잠들지 못했다. 악몽 때문만은 아니었다.
아침이면 무슨 꿈을 꿨는지도 잘 기억나지
않았다. 오히려 잠 자체에 문제가 있었다.
눈을 감고 자신의 몸에 대한 통제를 내려놓는
행위는, 커스티의 기질과 맞지 않았다.

오늘은 시끄러운 천둥소리에 이어 번개가
환하게 밤을 밝혀줘서 커스티는 오히려
기뻤다. 창밖의 장관을 구경하기 위해 이불이

뒤엉킨 침대를 벗어날 구실이 생겼으니까.

생각할 시간도 필요했다. 로도비코 스트리트의 집을 떠난 이후 그녀를 골 아프게 한 문제를 이리저리 살펴볼 시간이. 하지만 그녀는 지금도 해답에 가까워지지 못했다.

한 가지 의문이 유독 신경에 거슬렸다. 내가 보았다고 생각한 것이 틀렸다면? 내가 오해했다면? 줄리아에게 완벽히 해명할 근거가 있다면? 그렇다면 커스티는 단번에 로리와 단절될 것이다.

아무리 그래도, 어떻게 침묵을 지키겠는가? 그녀는 로리의 등 뒤에서 웃으며 그의 점잖음을, 순진함을 이용하는 줄리아를 떠올리기만 해도 견딜 수 없었다. 그렇게 생각하면 피가 끓었다.

남은 선택지는 기다리며 지켜보는 것이다. 확실한 증거를 찾을 때까지 지켜보고, 커스티가 떠올린 최악의 추측이 사실로 확인되면, 그때는 자신이 목격한 모든 것을 로리에게 터놓아야 했다.

그래, 그게 해답이었다. 기다리며 지켜보자. 지켜보며 기다리자.

천둥이 오랫동안 울렸다. 거의 새벽 4시가
될 때까지 잠을 방해했다. 한참 만에 찾아온
커스티의 잠은 지켜보며 기다리는 자의
잠이었다. 가볍고, 한숨으로 가득한.

✝

폭풍 때문에 집은 유령 열차처럼 느껴졌다.
줄리아는 아래층에 앉아 번개가 내리친 뒤 그
뒤를 따라오는 천둥 사이의 간격을 셌다.
그녀는 한 번도 천둥을 좋아해본 적이 없었다.
살인자인 그녀가, 살아 있는 망자와 어울리는
그녀가 천둥을 두려워하다니. 최근 그녀의
마음속에서 작동하는 천 가지 이상한 역설에
이것도 추가해야 할 터였다. 그녀는 위층으로
올라가 프랭크에게서 약간의 위안을
얻어야겠다는 생각을 여러 번 했지만, 그게
현명하지 않은 행동이라는 걸 알았다. 로리가
어느 순간이든 사무실 파티를 마치고 돌아올
수 있었다. 과거의 경험으로 미루어보면 그는
취해 있을 테고, 원치 않은 애정을 퍼부을
터였다.

폭풍우가 점점 가까워졌다. 줄리아는
소음을 덮으려 TV를 켰지만, 별 효과는
없었다.

11시가 되자 로리가 돌아왔다. 미소를 잔뜩
띠고 있었다. 좋은 소식이 있다고 했다.
파티가 한창일 때, 그의 상관이 로리를 불러내
훌륭하게 일을 처리했다며 칭찬하고 미래에
큰 기대를 걸고 있다고 말했다는 것이다.
줄리아는 로리의 이야기를 들으며, 그가 술에
취해 그녀의 무관심을 눈치채지 못하기를
바랐다. 한참 동안 수다를 떨던 로리는
이야기를 끝내더니 재킷을 벗어던지고 줄리아
옆에 앉았다.

"불쌍한 여보."

로리가 말했다.

"천둥 싫어하는데."

"괜찮아."

줄리아가 응수했다.

"정말로?"

"응. 괜찮아."

로리가 몸을 숙여 그녀의 귓가에 코를
문질렀다.

"당신 땀 나."

줄리아가 무감하게 말했다. 하지만 로리는
전희를 멈추지 않았다. 이미 시작한 이상
멈추기 싫은 듯했다.

"*부탁이야*, 로리."

그녀가 말했다.

"싫어."

"왜? 내가 뭘 어쨌는데?"

"아무것도 안 했어."

줄리아는 TV에 집중하는 척하며 말했다.

"당신 때문이 아니야."

"아, 그래?"

로리가 말했다.

"*당신도 괜찮고. 나도 괜찮고. 모두가, 씨발,
다 괜찮네?*"

줄리아는 대답하지 않고 깜빡거리는
화면을 응시했다. 늦은 저녁 뉴스가 막
시작되었다. 평소처럼 뉴스에서는 슬픔으로
잔을 채울 만한 비극적인 소식들을 전달했다.
로리는 계속 떠들며 앵커의 목소리를
방해했다. 줄리아는 신경 쓰지 않았다. 이
세상에 그녀를 놀라게 할 만한 소식이

여덟

있을까? 별로 없을 것이다. 반면 그녀는,
그녀에게는 이 세상에 전해줄 소식이 많았다.
그 소식을 들으면 다들 충격받을 것이다.
저주받은 자의 처지에 관해서, 잃어버렸다가
되찾은 사랑에 관해서, 절망과 욕망의
공통점에 관해서.

"제발, 줄리아."

로리가 말하고 있었다.

"나랑 얘기 좀 해."

로리의 간청이 줄리아의 관심을 끌었다.
줄리아는 그가 사진 속 소년처럼 보인다고
생각했다. 털이 나고 덩치가 커진 소년.
어른의 옷을 입고 있지만, 본질적으로는
소년에 불과한 로리. 당황한 시선으로
시무룩한 입을 내민 로리. 줄리아는 프랭크의
질문이 떠올랐다.

넌 대체 어떻게 그런 얼간이랑 결혼한
거야?

그러자 입가에 쓸쓸한 미소가 주름 잡았다.
로리가 줄리아를 보았다. 어리둥절한 기색이
깊어졌다.

"망할, 뭐가 웃긴 거야?"

"아무것도 아니야."

로리는 고개를 저었다. 시무룩하던 그는
이제 무딘 분노를 느꼈다. 천둥과 번개가 거의
동시에 내리쳤다. 그 순간 위층에서 소음이
들렸다. 줄리아는 로리의 관심을
흩어놓으려고 TV로 관심을 돌렸다. 하지만
허사였다. 로리가 소리를 들은 뒤였다.

"씨발, 무슨 소리지?"

"천둥이야."

로리가 일어섰다.

"아니야."

로리가 말했다.

"다른 소리였어!"

로리는 이미 문 앞에 당도해 있었다.

줄리아의 머릿속에 수십 가지 선택지가
빠르게 스쳐 지나갔다. 그중 쓸 만한 건
하나도 없었다. 술에 취한 로리가 문손잡이와
씨름했다.

"내가 창문을 열어뒀나 봐."

줄리아가 일어났다.

"가서 볼게."

"내가 보면 돼."

로리가 대답했다.

"난 무능한 인간이 아니니까."

"누가 당신한테 무능…."

줄리아가 입을 열었으나 로리는 듣지
않았다. 로리가 복도로 나서자 번개와 천둥이
동시에 터졌다. 요란함과 눈부심이 함께
찾아왔다. 줄리아가 그를 따라가는데 또 한 번
섬광이 번쩍였다. 뱃속을 뒤흔드는 굉음을
동반했다. 로리는 계단을 반쯤 올라갔다.

"아무것도 아니었어!"

줄리아가 로리의 등 뒤에 대고 소리쳤다.
로리는 아무 대답도 하지 않고 계단 꼭대기로
올랐다. 줄리아가 뒤쫓았다.

"그러지 마…!"

천둥이 울린 후 번개가 내리치는 잠잠한
순간을 틈타 줄리아가 외쳤다. 이번에 로리는
그녀의 말대로 했다. 이야기를 들어보기로
마음먹은 걸까. 줄리아가 계단 맨 위에
이르자, 로리가 기다리고 있었다.

"무슨 문제라도 있어?"

그가 말했다.

줄리아는 어깨를 으쓱하며 떨림을 숨겼다.

"당신이 바보같이 굴잖아."

그녀는 조용히 대답했다.

"내가?"

"그냥 천둥소리였어."

아래쪽 복도 불빛에 비친 그의 얼굴이 갑자기 부드러워졌다.

"당신은 왜 나를 개똥 취급해?"

로리가 물었다.

"당신, 지금 너무 피곤한가 봐."

줄리아가 말했다.

"대체 왜 그런 건데?"

로리는 어린애처럼 고집부렸다.

"내가 당신한테 뭘 어쨌는데?"

"아무 문제 없어."

줄리아가 말했다.

"정말이야, 로리. 아무 문제 없어."

줄리아는 최면을 걸듯 똑같은 말을 반복하고, 또 반복했다.

또다시 천둥이 강타했다. 그 굉음 아래로 또 다른 소리가 들렸다. 줄리아는 프랭크의 부주의함을 저주했다.

로리가 어두운 층계참으로 시선을 옮겼다.

"저 소리 들려?"

로리가 말했다.

"아니."

로리는 취기에 늘어진 팔다리를 움직여
응답하는 줄리아에게서 멀어졌다. 줄리아는
로리가 그늘진 어둠 속으로 사라지는 모습을
지켜보았다. 열린 침실 문으로 들어온 번개가
빛을 번쩍이며 로리를 잠시 비추었다. 그리고
다시 어둠이 찾아왔다. 로리는 음습한 방으로,
프랭크가 도사리는 곳으로 나아가고 있었다.

"잠깐⋯."

줄리아는 로리를 따라갔다.

로리는 멈추지 않고 문까지 남은 몇 미터를
걸어갔다. 줄리아가 그에게 이르렀을 때,
로리의 손은 문손잡이를 잡고 있었다.

공포에 휩싸인 줄리아는 얼른 손을 뻗어
로리의 뺨을 어루만졌다.

"나 무서워⋯."

줄리아가 말했다.

로리가 멍해진 채로 그녀를 돌아보았다.

"뭐가?"

그가 물었다.

줄리아는 손을 그의 입술로 옮겼다.
로리에게 손가락에 묻은 그녀의 공포를
맛보게 하듯이.

"천둥이 무서워."

줄리아가 말했다.

줄리아는 어둠 속에서 로리의 눈이 젖어
들어가는 것을 볼 수 있었다. 과연 로리는 이
미끼를 삼킬까? 뱉을까?

로리가 말했다.

"가엾은 우리 자기."

미끼를 삼켰다! 줄리아는 승리감에 취해
손을 뻗어 문고리를 잡은 로리의 손을
끌어당겼다. 지금 프랭크가 숨이라도 내쉬면
모든 것이 끝장이었다.

"가엾은 우리 자기."

로리가 다시 말하며 그녀를 끌어안았다.
그는 제대로 균형을 잡지 못했다. 줄리아는
자신의 품에 매달린 그가 인간 납덩이 같았다.

"가자."

줄리아는 그를 달래며 문과 떼어놓았다.
로리는 두어 발짝 비틀거리며 함께
걸어가다가 균형을 잃었다. 줄리아는 그를

내려놓고 손을 뻗어 벽을 지지대 삼았다. 다시 번개가 치며 그 빛을 흩뿌렸다. 로리의 눈이 줄리아를 찾아 번쩍였다.

"난 당신을 사랑해."

로리는 복도 맞은편의 줄리아에게 다가와 무거운 몸을 기댔다. 너무 무거워 밀어낼 수가 없었다. 그의 머리가 줄리아의 목덜미를 파고들면서 그녀의 피부에 달콤한 말을 속삭였다. 이제 로리는 줄리아의 몸에 입을 맞추고 있었다. 줄리아는 그를 내팽개치고 싶었다. 로리의 축축한 손을 잡아끌고, 그가 아슬아슬하게 피해 간, 죽음을 거부하는 괴물에게 데려다주고 싶은 강렬한 충동에 사로잡혔다.

하지만 프랭크는 로리를 대면할 준비가 되어 있지 않았다. 줄리아가 할 수 있는 일은 로리의 애무를 견디며 그가 빨리 피곤해지기를 바라는 것뿐이었다.

"아래층으로 내려갈까?"

줄리아가 말했다.

로리는 그녀의 목덜미에 대고 무언가 중얼거리며 움직이지 않았다. 그의 왼손이

로리의 가슴에 닿았고, 다른 손이 허리를 꽉
쥐었다. 줄리아는 로리가 손가락으로
블라우스 아래를 더듬게 놔두었다. 이런
결정적인 상황에 저항했다가는 로리의 화를
다시 돋울 뿐이었다.

"난 당신이 필요해."

로리가 줄리아의 귓가로 입술을 들어
올렸다. 한때, 반평생쯤 전에, 줄리아는 이런
대사에 가슴이 뛰곤 했다. 그때와 달리 이제는
어리석지 않았다. 그녀의 심장을 설레게 하던
곡예사는 더는 없었다. 예전에 뱃속에서
느껴지던 간질간질함은 전혀 올라오지
않았다. 내장은 그저 신체 기관의 기능에 따라
작동할 뿐이었다. 호흡기로 숨이 들어오고,
피가 돌고, 음식이 죽처럼 소화된다. 스스로의
몸에서 낭만성을 버리고 오로지 해부(근육과
뼈가 집합된 자연의 의무에 따른)학적 구조만을
생각하자, 로리가 블라우스를 벗기고 가슴에
얼굴을 묻고 있어도 상관없어졌다. 줄리아의
말초신경은 그의 혀에 반응했으나,
해부학적이고 기계적인 반응일 뿐이었다.
줄리아의 의식은 머릿속 한구석에 물러나

169

몸을 지켜봤다. 아무 감흥도 들지 않았다.

이제 로리는 자기 단추를 풀었다. 줄리아는
허벅지에 스치는, 자랑하는 듯한 물건을 언뜻
보았다. 로리는 줄리아의 두 다리를 벌리고,
속옷을 벗긴 뒤 본인이 들어갈 수 있을 공간을
만들었다. 줄리아는 저항하지 않았다.
소리조차 내지 않았다. 그렇게 로리가
들어왔다.

로리가 소음처럼 듣기 싫은 속삭임을
들려줬다. 줄리아의 사랑을 차지하고 싶어
하는 성욕 뒤섞인 나약한 주절거림이었다.
줄리아는 반쯤 그 소리를 흘려 들으며, 로리가
그녀의 머리카락에 얼굴을 파묻은 채
스스로의 연극에 빠져 있도록 놔두었다.

그녀는 눈을 감고 더 나은 시절을 상상하려
애썼지만, 번개가 몽상을 망쳤다. 빛이
번쩍이고 천둥소리가 이어지자 줄리아는 눈을
떴다. 음습한 방의 문이 한 뼘쯤 열려 있었다.
문과 문틀 사이의 좁은 틈새로 간신히 보이는
번들거리는 형상이 그들을 지켜보았다.

줄리아는 프랭크의 눈을 볼 수 없었으나,
부러움과 분노로 날카롭게 벼려진 그의

시선이 찔러 왔다. 줄리아는 시선을 피하는
대신, 로리의 신음이 커지는 동안 그림자를
빤히 마주보았다. 그러자 다른 환상이
줄리아를 덮쳤다. 환상 속에서 줄리아는
침대에 누워 몸 아래에 웨딩드레스를 뭉개고
있었다. 그리고 검붉은 짐승이 그녀의 다리
사이로 기어 올라와, 자신의 사랑을
맛보여주었다.

"가엾은 우리 자기."

로리가 곯아떨어지기 직전에 마지막으로
말했다. 그는 옷을 입은 그대로 침대에
누웠다. 줄리아는 굳이 그의 옷을 벗겨주지
않았다. 코 고는 소리가 안정되자 줄리아는
그를 내버려두고 방으로 돌아갔다.

프랭크는 창가에 서서, 폭풍이 남동쪽으로
이동하는 모습을 지켜보았다. 그는
블라인드를 뜯어내버렸다. 등불이 벽을
비추었다.

"저 사람이 당신 소리를 들었어."

줄리아가 말했다.

"난 폭풍을 보고 싶었어."

프랭크가 간단히 대답했다.

"폭풍이 보고 싶었어."

"거의 당신을 찾을 뻔했다고, 망할."

프랭크는 고개를 저었다.

"'거의' 같은 건 없어."

그는 여전히 창밖을 바라보았다. 잠시
침묵이 흐른 뒤에는 이렇게 덧붙였다.

"난 밖으로 나가고 싶어. 모든 걸 다시 갖고
싶어."

"알아."

"아니, 당신은 몰라."

프랭크가 말했다.

"당신은 내가 얼마나 굶주렸는지 상상조차
할 수 없을 거야."

"내일 바로 시도하자."

줄리아가 말했다.

"내가 다른 몸을 구해 올게."

"그래, 그러자고. 다른 것도 필요해. 일단은
라디오를 가져다 줘. 바깥 세상에서 무슨 일이
벌어지는지 알고 싶어. 음식도. 제대로 된
음식 말이야. 갓 구운 빵이랑…."

"뭐든 당신한테 필요하다면야."

"…생강도 줘, 절인 걸로. 알지? 시럽 묻힌

거 있잖아."

"알았어."

프랭크는 잠시 그녀 쪽으로 고개를
돌렸지만 그녀를 보는 게 아니었다. 오늘 밤,
앞으로 익숙해져야 할 수많은 풍경이 눈에
들어왔다.

"가을인 줄 몰랐어."

그리고 프랭크는 다시 폭풍을 지켜봤다.

하나, 둘, 셋, 넷, 다섯, 여섯, 일곱, 여덟, 아홉

아홉

다음 날, 커스티가 로도비코 스트리트의
모퉁이를 돌았을 때 가장 먼저 눈에 띈 사실은
위층 창문의 블라인드가 사라졌다는
것이었다. 대신 창유리에 테이프로 신문지를
붙여놓았다.

커스티는 본능적으로 감탕나무 산울타리의
그늘진 곳에 들어갔다. 집을 관찰할 수
있으면서도 모습은 숨길 수 있는 위치였다.
커스티는 들키고 싶지 않았다. 죽치고 앉아
때가 되기를 기다렸다.

기다림은 쉽지 않았다. 줄리아는 두 시간이
지나고 나서야 집을 나섰다. 그리고 1시간
15분쯤 후에 줄리아는 돌아왔다. 그때쯤

175

커스티의 발은 추위로 얼얼했다.

줄리아는 혼자가 아니었다. 함께 온 남자는 커스티가 아는 사람이 아니었다. 그렇다고 줄리아 주변 사람 같아 보이지도 않았다. 멀리서 보기에 중년에 땅딸막한 대머리였다. 그는 줄리아를 따라 집으로 들어가면서 긴장한 듯 힐끗 뒤를 살폈다. 엿보는 사람이 있을까 봐 걱정하는 듯했다.

커스티는 은신처에서 15분을 기다렸다. 다음으로 뭘 해야 할지 확신이 서지 않았다. 계속 머무르다가 남자가 나오면 따져야 할까? 아니면 나도 집 안으로 들어가서 증거를 바로 잡아야 할까? 어느 쪽도 매력적인 선택지는 아니었다. 커스티는 결정을 미루기로 했다. 그녀는 집으로 다가가는 동안 혹시 다른 계책이 떠오르지 않을까 했다.

계책 따위는 떠오르지 않았다. 오솔길을 따라 올라가는 동안, 그녀의 발은 돌아서서 멀리 도망치고 싶어 근질거렸다. 실제로 그러려고 하는데, 집 안에서 고함이 들렸다.

남자의 이름은 사익스, 스탠리 사익스였다. 술집에서 함께 돌아오며 줄리아에게 그렇게

소개했다. 그가 털어놓은 사실은 그뿐이
아니었다. 줄리아는 그의 아내 이름과(모디)
그의 직업(보조 발 치료사)까지 알게 되었다.
사익스는 자녀(레베카와 이선) 사진도
보여주면서 귀엽지 않냐고 묻기도 했다.
남자는 줄리아의 계속되는 유혹에 저항하는
것 같았다. 줄리아는 그저 미소 지으며
행운이라고 말했다.

　하지만 일단 집에 들어오자 일이 잘못되기
시작했다. 계단을 반쯤 올라갔을 때,
사익스라는 친구는 갑자기 그들이 하는
행동이 *잘못된* 것이며, 신이 그들을 보고
그들의 마음을 알았다고, 그들이 부족하다는
걸 알았다고 말했다. 줄리아는 그를
진정시키려고 최선을 다했지만, 주님에게서
그를 되찾아 올 수는 없었다. 오히려 사익스는
분노를 터뜨리며 팔다리를 휘둘렀다.
사익스는 자신의 분노가 정당하다고 믿었기에
더 심한 짓을 저지를 수도 있었다. 층계참에서
그를 부르는 목소리만 아니었다면 말이다.
그는 줄리아를 때리다가 말고, 주님에게 직접
이름이 불렸다는 착각에 빠진 듯 너무도

177　　　　　　　　　　　　　　　　아홉

창백해졌다. 그 순간 프랭크가 계단 맨 위에서 찬란한 모습을 드러냈다. 사익스는 비명을 내지르며 도망치려 했다. 하지만 줄리아가 재빠르게 사익스를 붙잡았다. 프랭크가 계단 몇 칸을 내려와, 사익스의 삶을 영원히 끝장낼 때까지.

프랭크가 사냥감을 붙잡고 뼈를 비틀어 끊어내는 소리를 들었을 때, 줄리아는 그가 최근 얼마나 강해졌는지를 깨달았다. 그의 힘은 보통의 인간을 초월하고 있었다. 프랭크의 손길에 사익스는 다시 비명을 질렀다. 프랭크는 침묵시키려고 그의 아래턱을 뜯어냈다.

커스티가 들은 두 번째 고함이 갑자기 끊겼지만, 그 소란 속에서 읽어낸 충분한 두려움이 문으로 이끌었고 문을 노크할 뻔했다.

그 순간 커스티는 생각을 고쳐먹었다. 대신, 그녀는 주택의 측면으로 살금살금 돌아갔다. 한 걸음을 뗄 때마다 이게 과연 현명한 짓인지 의심했다. 하지만 정면 돌파로는 아무런 성과도 얻지 못할 터였다. 정원과 연결된 뒷문에는 걸쇠가 없었다. 커스티는 그 방향으로 슬쩍 진입했다. 청각이 모든 소리에 예민하게 반응했다. 특히 그녀는 발소리에 주의했다. 집안에서는 아무 소리도 나지 않았다. 신음조차 들리지 않았다.

급히 도망쳐야 할 경우를 대비해 문을 열어놓은 채, 커스티는 뒷문으로 서둘렀다. 문은 잠겨 있지 않았다. 또다시 피어난 의심이 발걸음을 늦췄다. 어쩌면 먼저 로리에게 전화를 걸어 집으로 데려와야 할지도 몰랐다. 그러나 그때쯤에는 집안에서 일어나는 알 수 없는 일이 끝날 것이다.

게다가 커스티는 줄리아가 현장에서 적발되지 않는 한, 어떤 비난도 미꾸라지처럼 피해 가리라는 걸 잘 알았다. 그래, 이게 유일한 방법이었다. 커스티는 안으로 들어갔다.

집은 완전히 고요했다. 커스티가 잡으러 온 불륜 남녀들의 위치를 짐작할 만한 발소리조차 나지 않았다. 커스티는 주방 문으로 이동했다. 그리고 응접실로 접어들었다. 뱃속이 울렁거렸다. 목구멍이

갑자기 바싹 마른 나머지 침을 삼키기도
힘들었다.

응접실에서 거실로, 거실에서 다시 복도로
이어졌다. 아무 속삭임도, 숨소리도 들리지
않았다. 줄리아와 그녀의 동행은 위층에 있을
수밖에 없었다. 그 말은, 고함이 두렵게만
들렸다는 커스티의 생각이 틀렸다는 것이다.
아마 커스티가 들은 건 쾌락에 가까운
소리였을 것이다. 공포라 여겼던 비명은
오르가슴의 환호성이고. 둘은 쉽게 헷갈리는
소리였다.

현관이 커스티의 오른쪽, 겨우 몇 걸음
떨어진 곳에 있었다. 커스티는 지금이라도
몰래 빠져나갈 수 있었다. 그녀의 마음속
겁쟁이는 그러고 싶었다. 그만큼 현명한
생각도 없었을 것이다. 그러나 강렬한
호기심이 커스티를 사로잡았다. 이 집의
수수께끼를 풀고, (목격하고) 끝장내고 싶다는
욕망이었다. 계단을 오르면서 호기심은
일종의 흥분으로 커져 갔다.

커스티는 계단 맨 꼭대기에 이르러
층계참을 따라 걸었다. 문득 연인들이

떠나버렸을 수 있다는 생각이 스쳤다.
커스티가 뒷문으로 살금살금 다가오는 동안,
그들은 현관문으로 빠져나갔을지도 몰랐다.

왼쪽 첫 번째 문은 침실로 통했다. 줄리아와
애인이 어딘가에서 교미하고 있다면 이곳이
가장 적합할 터였다. 하지만 아니었다. 살짝
열린 문으로 안을 들여다보았지만 이불보는
구김 한 점 없이 깨끗했다.

그때, 일그러진 비명이 터져 나왔다. 너무도
가까운 곳에서, 너무도 시끄럽게 터진 그
소리에 커스티는 잠깐 숨이 멎었다.

그녀는 몸을 숙이고 침실에서 빠져나왔다.
그러자 복도 너머 먼 방에서 어떤 형상이
비틀거리며 나왔다. 커스티는 잠시 후에야 그
형상이 줄리아와 함께 도착한, 불안해하던
남자임을 알아보았다. 그조차 옷차림을
통해서 겨우 알아보았다. 나머지는 전부
바뀌어 있었다. 아주 끔찍한 모습으로 바뀌어
있었다. 겨우 몇 분 전에 현관 계단에서
들어가는 모습을 보았는데, 그사이 몸을
파먹는 질병이 그를 사로잡은 듯 뼈에 붙은
모든 살점이 쪼그라들었다.

181

커스티를 본 남자는 그녀에게로 몸을
던졌다. 남자는 커스티가 약간이라도 도움을
주기를 원했던 것이다. 하지만 그가 문에서 한
걸음도 채 나오기도 전에, 그의 뒤로 다른
형상이 흘러나왔다. 그 또한 병든 형상이었다.
머리부터 발끝까지 붕대에 감겨 있고 피와
고름으로 얼룩진 형상. 하지만 이어진 맹렬한
공격 속도에서는 병약함을 전혀 찾아볼 수
없었다. 오히려 그 반대였다. 그것은 도망치는
남자를 향해 손을 뻗어 목덜미를 붙잡았다.
짐승이 사냥감을 끌어안는 순간, 커스티는
비명을 질렀다.

희생자는 망가진 얼굴로 낼 수 있는 얼마 안
되는 고통스러운 소리를 흘렸다. 그러자
적대자는 팔에 힘을 더 실었다. 희생자의 몸이
떨리고 움찔거리다 두 다리가 꺾였다. 눈과
코와 입에서 피가 솟구쳤다. 핏방울이 뜨거운
싸락눈처럼 터져 허공을 가득 채우며,
커스티의 이마에 쏟아져 갈라졌다. 커스티는
멍하니 있다가 그 느낌에 문득 정신을 차렸다.
가만히 지켜볼 때가 아니었다. 그녀는
도망쳤다.

괴물은 쫓아오지 않았다. 커스티는
따라잡히지 않고 계단 위에 도달했다. 그러나
커스티가 계단을 내려가려 발을 내딛는 순간,
괴물이 그녀에게 말을 건넸다.

그 목소리는… 익숙했다.

"왔군."

그것이 말했다.

그것은 커스티를 안다는 듯, 녹아내리는
듯한 말투로 말했다. 커스티는 멈추었다.

"커스티."

그것이 말했다.

"잠깐 기다려."

커스티의 이성은 도망치라고 명령했다.
하지만 본능이 이성에 저항했다. 붕대
너머에서 들려 온 목소리가 누구의 것인지
떠올리고 싶었다. 커스티는 아직 도망칠 수
있다고 생각했다. 8미터나 거리를 확보하고
있었으니까. 그녀는 형체를 돌아보았다.
형체의 품에 안긴 몸뚱이는 태아처럼 웅크려
무릎이 가슴에 닿아 있었다. 괴물은 그
몸뚱이를 내려놓았다.

"네가 죽였어…."

커스티가 말했다.

그것은 고개를 끄덕였다. 사과할 마음은 없는 듯했다. 피해자에게든, 증인에게든.

"애도는 나중에 하지."

그것은 커스티에게 말하며 한 걸음 다가왔다.

"줄리아는 어디에 있어?"

커스티가 물었다.

"불안해하지 마. 다 잘될 테니까…."

목소리가 말했다. 커스티는 그가 누군지 금방이라도 기억날 것만 같았다.

커스티가 고민하는 사이 그것이 한 걸음 더 다가왔다. 아직 균형을 잡기가 불안한 듯 한 손으로 벽을 짚었다.

"난 너를 봤어."

그것이 말을 이었다.

"너도 나를 본 것 같은데. 창문에서…."

커스티의 혼란이 더욱 심해졌다. 이 존재가 그렇게 오랫동안 이 집에 있었다고? 그랬다면 당연히 로리가….

그때, 커스티는 그 목소리를 기억해냈다.

"그래. 기억하네. 네가 기억한다는 걸 알 수

있어."

그것은 *로리의* 목소리, 아니, 로리의
목소리와 매우 닮은 목소리였다. 좀 더
거칠고, 자기중심적으로 자만스러웠으나 소름
끼치도록 닮은 목소리. 짐승이 손을 내밀면
낚아챌 수 있을 거리까지 휘청거리며
걸어오는 내내 커스티는 그 자리에 붙박여
있었다.

마지막 순간에야 그녀는 매혹에서 풀려나
도망치려고 돌아섰다. 그러나 때는 늦은
뒤였다. 그녀는 한 발짝 뒤에서 그것의
발소리를 들었고, 곧 그것의 손가락이 목에
닿았다. 비명이 입술까지 차올랐지만, 그것이
울퉁불퉁한 손바닥으로 그녀의 면상을 덮고
비명과 숨까지 전부 틀어막았다.

그 존재가 커스티를 번쩍 들어 올려, 그녀가
왔던 길로 다시 끌고 갔다. 커스티는 그
존재의 품에서 발버둥쳤지만 무의미했다.
그녀는 손가락으로 괴물의 몸에 작은
생채기를 냈다. 붕대를 찢고, 그 아래 벗겨진
피부를 파고들었다. 그 존재는 아랑곳하지
않았다. 끔찍한 한순간, 커스티의 발뒤꿈치가

185

바닥의 시체에 걸렸다. 그런 다음, 커스티는
산 자와 죽은 자가 나온 그 방으로 끌려
들어갔다. 방에서는 시큼한 우유와 신선한
고기 냄새가 진동했다. 커스티가 내팽개쳐진
바닥의 판자는 축축하고 뜨뜻했다.

　커스티는 속이 뒤집혔다. 그녀는 본능을
억누르지 않고, 위장에 담긴 모든 것을
게웠다. 현재의 불편함과 다가올 공포의 혼란
속에서, 그녀는 다음 순간 무슨 일이
일어났는지 확신하지 못했다. 문이 쾅 닫히자
그녀는 다른 누군가(줄리아일까?)를 보았다.
아니면 괴물의 그림자일까? 어느 쪽이든
도움을 청하기에는 너무 늦었다. 커스티는
악몽과 단둘이 남아 있었다.

　커스티는 입에서 위액을 닦아내며
일어섰다. 창문에 붙은 신문지 틈으로 햇빛이
새어 들어왔다. 나뭇가지를 통과한 햇살처럼
방에 그림자 얼룩을 드리웠다. 이런 목가적인
풍경 속에서, 그 존재가 커스티의 냄새를
맡으며 다가왔다.

　"아빠처럼 안아주지."

　그 존재가 말했다.

26년 인생 동안 커스티는 이렇게까지 역겨운 초대를 한 번도 받아본 적 없었다.

"건드리지 마."

커스티가 말했다.

그 존재는 고개를 약간 갸웃했다. 커스티의 예의 바른 거절에 매료되기라도 한 것처럼. 그 존재는 커스티에게 바짝 다가와 고름을 잔뜩 흘리며 웃었다. 그는 (아, 주여) 욕망을 품고 있었다.

커스티는 절망적으로 뒤로 물러서 구석에 몰렸다. 더 이상 물러날 곳이 없었다.

"나, 기억 안 나?"

그 존재가 말했다.

커스티는 고개를 저었다.

"프랭크."

답이 들려 왔다.

"난 로리의 형 프랭크야⋯."

커스티는 알렉산드라 로드에서 딱 한 번 프랭크를 본 적이 있었다. 어느 날 오후, 로리의 결혼식 직전에 프랭크가 찾아왔었다. 그 이상은 기억나지 않았다. 프랭크를 처음 본 순간부터 혐오감이 들었다는 것 말고는.

187

아홉

"저리 꺼져."

그 존재가 손을 뻗자 커스티가 말했다.
프랭크의 얼룩진 손가락이 그녀의 가슴을
건드리는 방식에는 추악한 기교가 배어
있었다.

"*하지 마.*"

커스티가 비명을 질렀다.

"가만 안 두겠어…."

"그래?"

로리의 목소리가 말했다.

"어쩔 건데?"

답은 '*아무것도 못해*'였다. 그녀는
무력했다. 이렇게까지 무력했던 건
꿈속에서뿐이었다. 어느 영원한 밤의
빈민가를 무대로 벌어지는 추격과 습격이
이어지는 꿈속에서처럼 말이다. 그러나
커스티는 아무리 황당한 공상 속에서도 열 몇
번씩 지나다닌 방, 그녀가 행복한 시간을
보내기도 했던 집에서 이런 일이
벌어지리라고는 상상해보지 못했다.
바깥에서는 잿빛 하늘 아래 하루가 다름없이
이어지고 있을 텐데.

역겹다는 듯 무력한 손짓으로, 그녀는
자신을 더듬어 오는 손을 밀어냈다.

"너무하네."

그 존재가 말했다. 놈의 손가락이 다시
커스티의 피부를 만졌다. 쫓아낼 수 없는
10월의 말벌처럼 집요했다.

"뭐가 그렇게 두려워?"

"밖에서 당신은···."

커스티는 층계참에서 본 끔찍한 광경을
떠올렸다.

"사람이 먹고는 살아야지."

프랭크가 대답했다.

"그건 용서할 수 있잖아?"

커스티는 궁금했다. 이 손길을 느끼는
감각을 차단할 수 없을까? 왜 신경에는 이
역겨운 어루만짐을 느끼지 못하도록 감각
자체를 꺼버리는 기능이 없는 걸까?

"이건 현실이 아니야."

커스티는 큰 소리로 스스로를 타일렀다.
그러나 짐승은 웃을 뿐이었다.

"나도 나 자신에게 그렇게 말하곤 했지."

프랭크가 말했다.

"날이면 날마다. 현실의 고통을 꿈이라고 여기려 노력했어. 근데 불가능해. 내 말 믿어. 불가능하다니까. 견뎌야만 해."

커스티는 그가 진실을 말하고 있음을 알았다. 괴물들이나 자유로이 말할 수 있는 그런 불쾌한 진실이었다. 이 괴물은 감언이설이나 달래려는 말 따위 하지 않았다. 도덕이나 철학으로 설교할 노력도 없었다. 프랭크의 무서운 솔직함은 어떤 면에서 세련되어 보였다. 종교적 위선으로 치장하지 않고 그저 본론만을 토로하고 있었다.

커스티는 자신이 견디지 *못하리라*는 점도 너무 잘 알았다. 커스티가 거부하는 소리를 무시하고, 프랭크가 그 계획대로 그녀를 더럽히면, 그녀는 더 이상 비명을 참지 못할 것이다. 그리고 커스티는 비명을 지르며 산산이 부숴져 버릴 것이다.

커스티의 정신이 위태로웠다. 그녀는 가능한 재빠르게 반격해야 했다.

프랭크가 강하게 압박해 올 틈을 주기 전에, 커스티의 두 손이 그의 얼굴로 향했다. 손가락으로 그의 눈구멍과 입을 찔렀다. 붕대

아래의 살점이 젤리처럼 흐물거리며 덩어리째
뜯겨 나와 축축한 열기를 발산했다.

짐승은 비명을 질렀다. 커스티를 붙잡았던
손아귀가 느슨해졌다. 커스티는 그 순간을
놓치지 않고 놈의 아래로 몸을 내던졌다.
커스티는 벽에 세게 부딪혀 숨이 막혔다.

프랭크가 다시 포효했다. 커스티는 그의
불편함을 즐기느라 시간을 낭비하지 않았다.
대신, 벽을 따라 미끄러지며 문 쪽으로 갔다.
탁 트인 공간으로 나갈 만큼 다리에 힘이
들어갈지 알 수 없었기 때문이다. 그렇게
나아가면서, 두 발로 뚜껑 없는 절인 생강
병을 방 건너편으로 차버렸다. 시럽과 생강이
모두 쏟아졌다.

프랭크가 그녀를 돌아보았다. 커스티가
찢어발긴 부분의 얼굴 붕대가 진홍색
고리처럼 늘어져 있었다. 몇 군데에는 뼈가
드러나 있었다. 지금 이 순간에도 그는 두
손으로 상처를 쓸어보았다. 얼마나 다쳤는지
헤아려보며 끔찍하게 포효했다. 커스티가
놈의 눈을 멀게 했을까? 확신할 수 없었다.
설령 그랬다고 해도, 이 좁은 방에서 프랭크가

아홉

그녀를 찾는 건 시간 문제였다. 그리고
커스티가 잡히면, 그는 한계를 모르는 분노를
뿜어낼 것이다. 커스티는 그가 방향감각을
되찾기 전에 문에 도달해야 했다.

얼마나 미약한 희망인지! 커스티가 한 발을
뗄 틈도 없이, 프랭크가 얼굴에서 두 손을
내리고 방을 살폈다. 그는 커스티를 보았다.
틀림없었다. 잠시 후, 그가 새롭고 맹렬한
기세로 그녀에게 덤벼들었다.

커스티의 발치에는 생활용품이 담긴
운반대가 하나 있었다. 그중 가장 무거운
물건은 아무 특징 없는 상자였다. 커스티는
허리를 숙여 그 상자를 집어들었다. 커스티가
몸을 일으켰을 때, 프랭크가 다가와 있었다.
커스티는 저항의 비명을 지르며, 상자를 든
주먹을 프랭크의 머리에 휘둘렀다. 묵직한
충격과 함께 뼈가 박살났다. 짐승은
비틀거리며 뒤로 물러났고, 커스티는 문으로
몸을 날렸다. 그러나 문에 이르기 전에
그림자가 다시 한 번 그녀를 덮쳤다. 그녀는
방 안으로, 뒤로 내팽개쳐졌다. 그 존재가
격노한 채 쫓아왔다.

이번에 프랭크에게는 살인 말고 아무
의도가 없었다. 그의 공격에는 죽이고자 하는
의지가 실려 있었다. 실제로 죽이지 못했다는
건 커스티가 민첩했다기보다는 분노에 휩싸인
프랭크의 공격이 부정확했기 때문이다. 그
와중에도 세 번의 공격 중 한 번은 적중했다.
커스티의 얼굴과 상체에 상처가 생겼다.
커스티는 기절하지 않으려 기를 썼다.

놈의 공격 때문에 아래로 무너지면서,
커스티는 자신이 발견한 무기를 떠올렸다.
커스티는 여전히 상자를 손에 쥐고 있었다.
그녀가 또 한 번 타격을 입히려 상자를
치켜들었다. 프랭크의 눈길이 상자에 닿는
순간, 공격이 갑자기 멈췄다.

헐떡이는 소리만 날 뿐 침묵이 흘렀다.
커스티에게는 더 이상 싸우는 것보다는 죽는
게 쉽지 않을까 생각해볼 기회가 생겼다.
그때였다. 프랭크가 커스티에게로 팔을 뻗어
주먹을 폈다.

"그거 내놔."

그는 기념품을 원하는 듯했다. 하지만
커스티는 유일한 무기를 내줄 생각이 전혀

아홉

없었다.

"싫어."

커스티가 말했다.

프랭크가 두 번째로 요구했을 때,
목소리에는 뚜렷한 불안감이 묻어났다.
억지로 빼앗기에는 상자가 너무 소중한
듯했다.

"마지막으로 말한다."

프랭크가 말했다.

"다음엔 널 죽일 거야. 그 상자 내놔."

커스티는 기회를 저울질했다. 더 이상 잃을
건 없었다.

"그럼 공손하게 말해."

커스티가 말했다.

프랭크는 아리송하다는 듯 그녀를
바라보며, 목구멍에서 나직하게 으르렁거리는
소리를 냈다. 이내 그는 계산적인 어린애처럼
예의 바르게 말했다.

"부탁이야."

그 말이 신호였다. 커스티는 떨리는 팔에 온
힘을 끌어모아 상자를 창문으로 던졌다.
상자는 프랭크의 머리를 지나치며 유리를

깨트리고 보이지 않는 곳으로 사라졌다.

"안 돼!"

프랭크가 절규하며 순식간에 창가로
다가갔다.

"안 돼! 안 돼! 안 돼!"

커스티는 문으로 달려갔다. 한 걸음을
내디딜 때마다 다리가 꺾일 것만 같았다.
그녀는 층계참으로 나섰다. 계단에서 넘어질
뻔했지만, 노인처럼 난간을 꽉 붙들고
쓰러지지 않은 채 복도까지 내려왔다.

위층에서 큰 소란이 일었다. 프랭크가 다시
그녀를 소리쳐 부르고 있었다. 하지만
이번에는 잡히지 않을 것이다. 커스티는
복도를 따라 현관까지 도망친 다음 현관문을
거칠게 열어젖혔다.

커스티가 처음 이 집에 들어왔을 때보다
날이 밝아져 있었다. 저녁이 내리기 전 태양이
반항적으로 터트린 노을빛이었다. 커스티는
햇빛에 눈을 찡그리고, 오솔길을 따라 달려
내려갔다. 발밑에는 깨진 창문 유리가 흩어져
있었고, 그 파편 사이에 그녀의 무기가
굴러다녔다. 커스티는 저항의 기념품으로

상자를 집어 들고 달렸다. 큰길에 접어들자, 커스티는 그제야 말이 터져 나왔다. 절망적인 헛소리가, 그녀가 보고 느낀 것의 파편들이 말이 되어 튀어나왔다. 하지만 로도비코 스트리트에는 사람이 없었다. 그래서 그녀는 달렸다. 붕대 감은 괴물과 충분히 거리가 벌어질 때까지 계속 달렸다.

커스티가 어딘지 알 수 없는 거리를 배회하던 중, 누군가가 그녀에게 도움이 필요하냐고 물었다. 그 작은 친절이 커스티를 무너트렸다. 그 질문에 일관적인 대답을 내놓을 만한 상태가 아니었고, 기진맥진한 정신은 쥐고 있던 빛을 놓쳐버렸다.

하나, 둘, 셋, 넷, 다섯, 여섯, 일곱, 여덟, 아홉, 열

열

그녀는 눈보라 속에서 깨어났다. 처음에는
그렇게 느꼈다. 그녀의 머리 위에는 완벽한 흰
빛이 보였고, 마치 눈더미 위로 또 다른
눈더미가 쌓인 것만 같았다. 그녀는 흰 눈을
베개로 삼으며 그 속에 파묻혀 있었다. 그 텅
빈 하얀 빛이 메스꺼웠다. 목구멍과 눈알까지
흰빛이 가득 채우는 듯했다.

커스티는 얼굴 앞으로 두 손을 들었다.
손에서 낯선 비누향이 풍겼다. 독했다. 그녀의
시선이 점차 초점을 맞췄다. 흰 벽과 아주
깨끗한 이불, 침대 옆에 놓인 약이 시야에
들어왔다. 여긴 병원이었다.

그녀는 도와달라고 외쳤다. 몇 시간, 혹은

몇 분이 지났는지 알 수 없는 시간이 지난 뒤,
간호사가 나타나 "깨어났군요."라고 말하더니
상급자를 부르러 갔다.

사람들이 왔을 때, 그녀는 아무 말도 하지
않았다. 간호사가 사라졌다가 의사들을
대동하는 사이에, 아직은 이 이야기를 꺼낼
준비가 되어 있지 않다고 판단했다. 내일은
(어쩌면) 자신이 본 것을 납득시킬 말을
찾을지도 몰랐다. 하지만 오늘은? 그녀가
설명하려 하면, 그들은 그녀의 이마를
쓰다듬어주고 헛소리는 넣어두라고 할
것이다. 그녀가 제정신이 아니며 환각을
보았다고 설득하려 할 것이다. 그녀가 계속
밀어붙이면 아마 진정제를 놓을 것이다.
그러면 상황이 더 나빠질 것이다.
커스티에게는 생각할 시간이 필요했다.

커스티는 의사가 도착하기 전에 이 모든
것을 생각했으므로, 무슨 일이 일어났느냐고
물었을 때는 준비한 거짓말을 꺼낼 수 있었다.
그녀는 모든 게 흐릿하다고 했다. 이름도 잘
기억나지 않는다고 했다. 그들은 시간이
지나면 기억이 돌아올 거라고 안심시켰고,

그녀는 자기도 그러길 바란다고 얌전히
대답했다. 그들은 일단 자라고 했고, 그녀는
기꺼이 그러고 싶다며 하품했다. 그러자
그들이 물러났다.

"아, 맞다….."

그중 한 명이 떠나기 직전에 말했다.

"하나 잊어버렸네요."

의사가 프랭크의 상자를 가운 주머니에서
꺼냈다.

"이걸 쥐고 계시더군요."

그가 말했다.

"발견되셨을 때요. 환자분 손에서 이걸
빼내느라고 죽도록 고생했습니다. 무슨
의미가 있는 물건인가요?"

그녀는 아니라고 대답했다.

"경찰이 살펴봤어요. 보시다시피 피가 묻어
있습니다. 아마 환자분 피일 거예요. 아닐
수도 있고요."

그가 침대로 다가왔다.

"이거 드릴까요?"

그가 물었다. 그런 다음, 덧붙였다.

"피는 닦아뒀어요."

"네."

그녀가 대답했다.

"네, 주세요."

"기억을 떠올리는 데 도움될지 몰라요."

의사는 상자를 침대 옆 탁자에 내려놓았다.

†

"이제 어쩔 거야?"

줄리아는 백 번쯤 물은 것 같았다. 남자는
구석에서 아무 말도 하지 않았다. 그의 망가진
얼굴에는 해석할 수 있는 어떤 표정도
떠오르지 않았다.

"대체 걔한테 뭘 원했던 거야?"

그녀가 물었다.

"당신이 전부 망쳤어."

"망쳤다고?"

괴물이 말했다.

"당신은 *망쳤다*는 말의 진정한 의미를
몰라."

줄리아는 분노를 삼켰다. 생각에 잠긴 그의
모습에서 불안이 느껴졌다.

"우린 떠나야 해, 프랭크."

줄리아가 말투를 누그러뜨리며 말했다.

프랭크의 시선이 하얗게 달구어진 얼음 같았다.

"사람들이 찾으러 올 거야."

줄리아가 말했다.

"커스티가 전부 실토할 거고."

"그럴지도 모르지…."

"당신은 상관없어?"

줄리아가 물었다.

붕대에 감싸인 덩어리가 어깨를 으쓱했다.

"아니."

그가 말했다.

"당연히 상관있지. 하지만 우린 떠날 수 없어, 자기야."

*자기야*라는 단어는 자신과 줄리아 모두를 조롱하는 듯했다. 오직 고통만이 존재하는 방 안에 스민 감상적인 한마디였다.

"난 이런 모습으로 세상과 마주할 수는 없어."

그는 자기 얼굴을 가리켰다.

"안 그래?"

그가 눈을 들어 그녀를 보며 말했다.

"날 봐."

줄리아는 그를 보았다.

"*가능하겠어?*"

"아니."

"그래."

프랭크는 다시 바닥을 바라보았다.

"내게는 피부가 필요해, 줄리아."

"피부?"

"그런 다음에는, 어쩌면… 어쩌면 당신과
함께 춤을 추러 나갈 수도 있을 거야. 당신이
원하는 게 그런 거 아니야?"

프랭크는 춤이든 죽음이든 둘 다
무감각하게 말했다. 둘 다 똑같이
무의미하다는 듯이. 프랭크의 그런 말투는
줄리아를 진정시켰다.

"어떻게 할 건데?"

마침내 줄리아가 말했다. 그 말은, 어떻게
피부를 훔칠 수 있느냐는 말이기도 했지만
어떻게 미치지 않고 살아남을 수 있느냐는
질문이기도 했다.

"방법이 있어."

살갗이 벗겨진 얼굴이 말하며, 줄리아에게
입맞춤을 날려 보냈다.

✝

흰 벽만 아니었으면 그녀는 상자를
집어들지 않았을지도 모른다. 벽에 해바라기
화병이나 피라미드 풍경처럼, 이 방의
단조로움을 깰 그림이 그려져 있었다면
커스티는 어둠 속에서나마 벽면을 감상하며
생각에 빠졌을 것이다. 하지만 이 방은 너무
지나치게 공허했다. 커스티가 정신을 지탱할
만한 환경이 아니었다. 그래서 커스티는 침대
옆 탁자로 손을 뻗어 상자를 집어들었다.
상자는 커스티가 기억하는 것보다
무거웠다. 커스티는 침대에서 허리를 세워
자세히 살펴보았다. 겉면 말고는 눈에 띄는 게
별로 없었다. 뚜껑도, 열쇠 구멍도, 경첩도
보이지 않았다. 한 번을 뒤집어 보든, 오십
번을 뒤집어 보든, 상자를 열 단서는 보이지
않았다. 상자가 단 하나의 블록으로만
이루어진 게 아니라는 것만은 확실했다.

그러므로 상자를 뜯어낼 방법이 있을 것이다. 하지만 어디에 있을까?

커스티는 상자를 톡톡 두드리고 흔들어보고 당기고 눌렀지만, 아무 일도 일어나지 않았다. 침대에서 몸을 굴려, 등불 빛에 온전히 비추어 보았을 때에야 상자가 만들어진 방식에 대한 단서를 일부 찾을 수 있었다. 상자 옆면에 미세한 균열이 보였다. 그 균열을 사이에 두고 조각들이 서로 붙어 있었다. 보이지 않을 만큼 작았으나 균열에 남은 혈흔이 조각들의 복잡한 관계를 따라갔다.

커스티는 체계적으로 표면을 더듬으며, 자신의 가설을 시험하듯 조각들을 다시 밀고 당겼다. 균열이 장난감의 대략적인 설계를 가늠하게 해줬다. 균열이 없었다면 커스티는 상자의 여섯 면 사이에서 영원히 헤맸을 것이다. 그러나 커스티가 발견한 단서로 선택지가 유의미하게 줄어들어, 상자를 분리할 방법이 보이는 듯했다.

시간이 흐른 뒤, 커스티는 인내한 보상을 받았다. 찰칵 소리와 함께 부품 하나가

래커칠된 다른 조각들로부터 미끄러지듯
떨어져 나왔다. 상자 안은 아름다웠다. 최상품
자개처럼 반짝이며 윤이 나는 표면이,
알록달록한 그림자가 광택 안에서 움직이는
듯했다.

　음악도 들렸다. 상자 안에서 한 줄기 선율이
흘러나와, 보이지 않는 장치를 통해
연주되었다. 커스티는 홀린 듯 상자를
해체했다. 한 꺼풀 벗겨내긴 했으나 나머지는
쉽게 떨어지지 않았다. 각 조각이 손가락과
정신에 새로운 도전 정신을 심어주었다. 그
도전에 성공할 때마다 선율이 보상하듯
섬세한 가락을 추가했다.

　커스티가 정교한 장치를 회전하고 반대로
또 회전하며 네 번째 면을 만지작거리고 있을
때, 종소리가 울렸다. 커스티는 작업을 멈추고
고개를 들었다.

　뭔가가 잘못됐다. 그녀의 지친 눈이 장난을
치는 건지, 눈보라처럼 흰 벽이 제자리에서
벗어나 미묘하게 움직였다. 커스티는 상자를
내려놓고 침대에서 내려와 창문으로 갔다.
종소리가 계속 울렸다. 엄숙한 울림이었다.

커스티는 커튼을 한 뼘 정도 걷었다. 밖은
밤이었고 바람이 많이 불었다. 나뭇잎이 병원
잔디밭을 가로질러 흩날렸다. 나방이
가로등에 모여들었다. 믿기 어려웠으나
종소리는 밖에서 들리는 게 아니었다.
종소리는 등 뒤에서 들려 오고 있었다.
커스티는 커튼을 툭 내려놓고 돌아서서 방
안을 보았다.

그 순간 침대 옆 등불의 전구가 살아 있는
불꽃처럼 일렁였다. 커스티는 본능적으로
상자 조각으로 손을 뻗었다. 이 기묘한 현상과
상자 조각은 어떻게든 얽혀 있었다. 커스티의
손이 조각을 찾아낸 순간, 누가 불어 끈
것처럼 등불이 꺼졌다.

하지만 커스티는 어둠 속에 남겨지지
않았다. 혼자도 아니었다. 침대 발치에 희미한
형광빛이 발했다. 그리고 그 주름처럼
뻗어나온 빛 속에 한 형체가 있었다. 형체의
살점은 상상을 초월했다. 저 수많은 갈고리와
흉터들…. 하지만 그것의 목소리는 고통에
시달리는 생물의 것이 아니었다.

"그건 르마샹의 상자라 하지."

그것이 상자를 가리켰다. 커스티는 시선을
내려 손을 바라봤다. 조각들은 더 이상 그녀의
손에 있지 않고, 그녀의 손바닥으로부터 한 뼘
정도 위에 떠올라 있었다. 기적적으로 상자는
눈에 보이지 않는 힘을 따라 재조립되었다.
장치들이 회전하는 가운데 조각이 미끄러지듯
서로 다시 맞물렸다. 커스티는 그 과정 속에서
광택이 흐르는 안쪽 면을 새로 발견했다.
유령의 얼굴이 (왜곡된 유리를 통해 보이는
슬픔에 뒤틀린 얼굴이) 그녀를 보고 마주
울부짖는 것만 같은 모양새였다. 그 후 모든
조각이 하나를 제외하고 봉합되었다.
방문자가 새로이 커스티의 주의를 끌었다.

"그 상자는 현실의 표면을 깨는 수단이다."

그것이 말했다.

"우리 세노바이트에게 신호를 보낼 수 있는,
일종의 주문이지."

"누구라고요?"

커스티가 말했다.

"아무것도 모르는구나."

방문자가 말했다.

"내 말이 맞는가?"

"네."

"전에도 그런 일이 있었다."

답변이 돌아왔다.

"하지만 어쩔 수 없다. '균열'을 봉합할
방법은 없으니까. 우리가 우리 것을 가져가기
전까지는…."

"이건 실수에요."

커스티가 말했다.

"저항하려 하지 마라. 이건 네 통제를
벗어난 일이다. 너는 나와 함께 가야 한다."

커스티가 고개를 저었다. 그녀를 괴롭힐
악몽이라면 이미 평생 이어지고도 남을 만큼
꾸었다.

"당신이랑은 안 가."

커스티가 말했다.

"빌어먹을, 난…."

커스티가 말하는데 문이 열렸다. 커스티는
처음 보는 간호사(아마 야간 교대 인원이었을
것이다.)가 서 있었다.

"부르셨어요?"

간호사가 물었다.

커스티는 세노바이트와 간호사를 번갈아

보았다. 그들은 1미터도 채 떨어져 있지
않았다.

"저 여자는 나를 보지 못한다."

그것이 말했다.

"내 목소리를 듣지도 못하지. 나는 네게
속해 있다, 커스티. 너는 내게 속해 있고."

"아니야."

커스티가 말했다.

"확실하신가요?"

간호사가 말했다.

"무슨 소리를 들은 것 같았는데⋯."

커스티가 고개를 저었다. 자신은 미쳐가고
있음이 분명했다.

"침대에 누워 계셔야 해요."

간호사가 나무랐다.

"지금 상태에서 무리하면 죽을 수도
있어요."

세노바이트가 킬킬거렸다.

"5분 뒤에 돌아올게요."

간호사가 말했다.

"부탁이니까 다시 주무세요."

간호사가 떠났다.

"우리도 가는 게 좋겠다."

그것이 말했다.

"저들은 조잡한 일이나 하게 내버려두자고. 참으로 따분한 공간이군."

"이럴 수는 없어."

커스티가 강하게 반발했다.

그것은 커스티의 반발을 무시하고 가까이 왔다. 가죽이 뼈에 말라붙은 목에 걸린 작은 종이 딸그랑 울렸다. 악취가 풍겼다. 커스티는 토하고 싶을 만큼 역겨웠다.

"잠깐만."

커스티가 말했다.

"부탁이니 눈물은 흘리지 마라. 그건 소중한 고통을 낭비하는 짓이니까."

"상자."

커스티가 절망적으로 말했다.

"내가 저 상자를 어디에서 구했는지 알고 싶지 않아?"

"딱히."

"프랭크 코튼."

그녀가 말했다.

"그 이름, 당신한테 뭔가 의미가 있어?

프랭크 코튼."

세노바이트가 미소 지었다.

"아, 그래. 우린 프랭크를 안다."

"프랭크도 그 상자를 풀었을 거야. 맞지?"

"프랭크는 쾌락을 원했다. 우리가 쾌락을 줄 때까지는 말이야. 그런 뒤에는 몸부림쳤지."

"내가 당신을 프랭크에게 데려가면⋯."

"프랭크가 살아 있다는 말인가?"

"팔팔하게 살아 있지."

"무엇을 제안하는 건가? 너 대신 프랭크를 데려가라고?"

"*맞아. 그래. 안 될 이유가 뭐야? 맞아.*"

세노바이트가 그녀에게서 멀어졌다. 방 자체가 한숨을 쉬는 것 같았다.

"구미가 당기는군."

그것이 말했다.

"하지만 네가 나를 속이는 것일 수도 있다. 시간을 벌려고 거짓말하는 것일 수도 있지."

"맹세하는데, 난 프랭크가 어디에 있는지 알아."

그녀가 말했다.

"그놈이 나한테 이런 짓을 한 거야!"

그녀는 세노바이트가 볼 수 있도록 상처가
파인 두 팔을 내보였다.

"거짓말이라면…."

세노바이트가 말했다.

"벌레처럼 여기서 기어서 도망가려는
거라면…."

"아니야."

"그렇다면 그자를 산 채로 우리에게
데려와라…."

커스티는 안도감에 울고 싶었다.

"…프랭크가 스스로 고백하게 해라. 그러면
우리가 네 영혼을 찢어발기지 않을 수도
있지."

하나, 둘, 셋, 넷, 다섯, 여섯, 일곱, 여덟, 아홉, 열, 열하나

†

열하나

　　로리는 복도에 서서 줄리아를, 그의
줄리아를 바라보았다. 한때 그가 차지하고,
죽음이 갈라놓을 때까지 지키겠다고 맹세했던
여자를. 그 맹세는 당시에 그렇게까지 지키기
힘든 약속으로 보이지 않았다. 로리는 기억할
수 있는 한 언제나 줄리아를 우상처럼 숭배해
왔다. 밤이면 그녀를 꿈꾸고, 낮에는 그녀를
향한 거칠고 서툰 사랑 시를 쓰며 보냈다.
그러나 상황이 변했고, 그는 변화를
지켜보면서 가장 큰 고통은 종종 가장 미묘한
부분에서 비롯된다는 사실을 깨달았다.
최근에는 근질근질한 의심에 시달려 기쁨을
망치는 것보다, 차라리 야생마에게 밟혀 죽는

217

신세가 낫겠다고 종종 생각했다.

로리는 계단 맨 아래에 서 있는 그녀를
바라보며, 좋았던 시절을 떠올릴 수조차
없었다. 모든 것이 의심과 더러움뿐이었다.

한 가지는 다행이었다. 줄리아는
괴로워하는 듯했다. 어쩌면 줄리아가 고백할
분위기인지도 몰랐다. 줄리아가 속에 있는
말을 털어내면, 그는 눈물을 흘리고, 이해심을
발휘해 그녀를 용서하는 경솔한 순간이
찾아올지도 몰랐다.

"슬퍼 보이네."

로리가 말했다.

줄리아는 망설이다가 입을 뗐다.

"어렵네, 로리."

"뭐가?"

그녀는 고백하기도 전에 포기하고 싶어
하는 듯했다.

"뭔데?"

로리가 밀어붙였다.

"당신한테 할 말이 너무 많아."

줄리아가 손마디가 하얗게 질릴 정도로
난간을 꽉 쥔 모습이 눈에 들어왔다.

"듣고 있어."

로리가 말했다. 줄리아가 솔직하게 말해주기만 하면, 그는 다시 그녀를 사랑할 터였다.

"말해봐."

그가 말했다.

"어쩌면…. 어쩌면 당신한테 보여주는 게 더 쉬울지도 모르겠어…."

줄리아는 그렇게 말하며 로리를 위층으로 이끌었다.

✝✝

거리에서 몰아치는 바람은 따뜻하지 않았다. 행인들이 옷깃을 세우고 고개를 숙인 모습을 보면 그랬다. 하지만 커스티는 추위를 느끼지 않았다. 보이지 않는 그녀의 일행이 추위로부터 막아주기 때문일까? 고대인들이 죄인을 던져넣고 태우기 위해 만들어낸, 지옥의 불길로 그녀를 감싼 걸까? 아니, 커스티가 너무 겁에 질려 아무것도 느끼지 못하는 것일지도 몰랐다.

하지만 커스티는 그렇게 느끼지 않았다.
그녀는 아무것도 무섭지 않았다. 뱃속에서
느껴지는 감정은 공포보다는 담담함에
가까웠다. 그녀는 문을 열었고 (로리의 형
프랭크가 열어낸 것과 같은 문을) 이제 악마와
함께 걷고 있었다. 이 여정의 끝에서, 그녀는
복수를 할 것이다. 그녀를 찢어발기고 고통을
준 존재를 찾아, 그자에게 그녀가 겪었던
무력감을 되돌려줄 것이다. 그가 몸부림치는
모습을 지켜볼 것이다. 커스티는 그 모습을
보며 만끽하리라. 고통은 커스티를 가학적인
존재로 만들었다.

　　로도비코 스트리트를 따라 나아가면서
커스티는 세노바이트의 흔적을 찾아 주위를
두리번거렸다. 하지만 그것은 어디에도
보이지 않았다. 커스티는 용감하게 집으로
다가갔다. 머릿속에 계획은 없었다. 고려해야
할 변수가 너무 많았다. 이를테면, 줄리아가
안에 있을까? 줄리아는 이 모든 일에 얼마나
연루돼 있을까? 줄리아가 순진한 방관자라고
생각하기는 불가능했다. 하지만 줄리아는
아마 프랭크가 두려워서 공모한 걸지도

몰랐다. 앞으로 몇 분 뒤에는 밝혀지겠지.
커스티는 초인종을 누르고 기다렸다.

문을 열어준 사람은 줄리아였다. 줄리아는
기다란 흰색 레이스를 들고 있었다.

"커스티."

줄리아는 커스티가 나타났음에도 당황하지
않은 듯 말했다.

"시간이 늦었는데…."

"로리는 어디 있어?"

커스티의 첫마디였다. 커스티가 의도했던
말은 아니었지만, 원치 않게 튀어나왔다.

"집에 있지."

줄리아가 침착하게 대답했다. 정신 나간
어린아이를 달래려는 말투였다.

"무슨 문제라도 있어?"

"로리를 보고 싶어."

커스티가 대답했다.

"로리를?"

"그래…."

커스티는 들어오라는 말을 기다리지 않고
문턱을 넘었다. 줄리아는 막지도 않고
커스티가 들어온 다음 문을 닫았다.

열하나

그제야 커스티는 추위가 느껴졌다. 그녀는 복도에 서서 몸을 떨었다.

"꼴이 말이 아니네."

줄리아가 대놓고 말했다.

"나, 오늘 오후에 여기 왔었어."

커스티가 불쑥 말했다.

"무슨 일이 일어났는지 봤어, 줄리아. 봤다고."

"뭘 봤는데?"

줄리아는 흔들리지 않고 침착하게 대답했다.

"너도 알잖아."

"정말 모르겠는데."

"난 로리랑 얘기하고 싶어…."

"알았어."

대답이 들려 왔다.

"하지만 로리랑 대화할 때 조심 좀 해줘. 알았지? 상태가 별로 좋지 않아서."

줄리아는 커스티를 데리고 거실을 가로질렀다. 로리가 식탁에 앉아 있었다. 그는 손에 독한 술 한 잔을 쥐었고, 그 옆에 술병이 놓였다. 옆 의자에는 줄리아의 웨딩드레스가

펼쳐져 있었다. 그 모습을 보니 줄리아가 손에
쥔 레이스 조각을 알아볼 수 있었다. 그건
신부의 베일이었다.

로리는 몰골이 말이 아니었다. 이마와
머리카락의 경계선과 얼굴에 피가 말라붙어
있었다. 로리가 건넨 미소는 따뜻했지만
피곤에 절어 있었다.

"어떻게 된 거야…?"

커스티가 로리에게 물었다.

"이젠 다 괜찮아, 커스티."

로리가 말했다. 속삭임이라고 말하기에도
미약한 목소리였다.

"줄리아가 전부 말해줬어…. 다 괜찮아."

"아니야."

커스티가 말했다. 로리가 모든 사연을 알 리
없었다.

"네가 오늘 오후에 여기 왔었다며."

"맞아."

"불행한 일이었네."

"너… 네가 나한테 물어봤지…."

그녀는 줄리아를 힐끗 보았다. 줄리아가 문
옆에 서 있었다. 그리고 커스티는 다시 로리를

보았다.

"난 네가 원할 거라고 생각한 일을 했어."

"그래. 알아. 나도 알아. 네가 이 끔찍한
일에 휘말렸다는 게 미안할 뿐이야."

"네 형이 무슨 짓을 했는지 알아?"

커스티가 말했다.

"네 형이 뭘 불러냈는지 알아?"

"알 만큼은."

로리가 대답했다.

"중요한 건, 이젠 다 끝났다는 거야."

"무슨 말이야?"

"뭔지 몰라도, 형이 한 짓은 내가 보상⋯."

"끝났다는 게 무슨 말이야?"

"형은 죽었어, 커스티."

(⋯그를 산 채로 데려와라. 그러면 우리가 네
영혼을 찢어발기지 않을 수도 있지.)

"죽었다고?"

"우리가 프랭크를 해치웠어. 줄리아랑 내가.
그렇게 어렵지는 않았어. 그게, 형은 나를
믿을 수 있다고 생각했거든. 피는 물보다

224

진하다고 믿은 거지. 근데 그렇지 않았어. 난 그런 인간에게 삶이라는 괴로움을 겪게 하지 않을….”

커스티는 뱃속에서 뭔가 움찔하는 것을 느꼈다. 세노바이트가 벌써 그녀를 데려갈 준비를 하고 있는 것일까? 그녀의 창자를 갈고리에 카펫처럼 걸고 끌어당기고 있는 걸까?

“넌 정말 좋은 친구야, 커스티. 그렇게 큰 위험을 무릅쓰고 여기로 다시 와주다니.”

(그녀의 어깨에 무언가가 술렁거렸다.)

(“*네 영혼을 내놓아라.*”)

(그것이 말했다.)

“기운이 좀 더 돌아오면, 난 경찰서에 갈 거야. 그 사람들을 이해시킬 방법을 찾아 봐야….”

“네가 형을 죽인 거야?”

커스티가 말했다.

“응.”

“못 믿겠어….”

커스티가 중얼거렸다.

"위층으로 데려가."

로리가 줄리아에게 말했다.

"보여줘."

"보고 싶어?"

줄리아가 물었다.

커스티는 고개를 끄덕이고 따라갔다.

위층 층계참은 아래층보다 온도가
뜨거웠고, 공기는 기름진 잿빛 설거지물처럼
질퍽했다. 프랭크가 있던 방문이 열려 있었다.
맨바닥 판자 위에 널린 그 존재는 찢어진
붕대가 뒤엉킨 가운데 여전히 연기가
피어올랐다. 그의 목은 분명히 부러져 있었고,
머리는 어깨 위에 어색하게 비틀린 채였다.
머리에서 발끝까지 피부가 벗겨져 있었다.

커스티는 역겨워 고개를 돌렸다.

"만족해?"

줄리아가 물었다.

커스티는 대답하지 않고, 방을 나서
층계참에 발을 디뎠다. 그녀의 어깨에서
공기가 동요했다.

("네가 졌다.")

(무언가가 그녀와 가까운 곳에서 말했다.)

("알아.")

(그녀가 중얼거렸다.)

    종이 울렸다. 커스티를 데려가기 위한
종소리였다. 근처에서 시체를 먹는 새들이
축제를 위해 소란을 피우는 날갯짓 소리가
들렸다. 커스티는 문에 이르기 전에 잡히기
않게 해달라고 기도하며 서둘러 계단을
내려갔다. 놈들이 그녀의 심장을 뜯어낸다면,
로리가 그 꼴을 보지는 않게 해주기를. 로리가
그녀의 강인한 모습을, 입술에 애원이 아니라
웃음을 띤 모습을 기억해주기를.

    커스티의 뒤에서 줄리아가 말했다.

    "어디 가?"

    대답이 없자 줄리아가 말을 이어갔다.
"누구한테든 아무 말도 하지 마, 커스티. 이
일은 우리가 처리할 수 있어, 로리랑 내가…."

    그녀의 목소리에 로리가 움찔하며
취기에서 벗어났다. 그가 복도에 나타났다.
프랭크가 가한 상처는 커스티가 생각했던

것보다 훨씬 심각했다. 얼굴 십여 군데에 멍이
들었고, 목 부근의 피부는 쟁기로 갈아엎은
듯했다. 커스티가 로리에게 가까이 서자,
로리가 손을 뻗어 커스티의 팔을 잡았다.

"줄리아 말이 맞아."

그가 말했다.

"경찰한테 신고하는 건 우리한테 맡겨.
알겠지?"

그 순간, 커스티에게는 로리에게 해주고
싶은 말이 너무 많았다. 그러나 시간은 그
어떤 말도 허락하지 않았다. 머릿속에서
종소리가 점점 더 크게 울렸다. 누군가가
커스티의 목에 창자를 감아 매듭을 팽팽히
당기고 있었다.

"너무 늦었어…."

커스티가 로리에게 중얼거리며 그의 손을
밀쳤다.

"무슨 뜻이야?"

그가 말했다. 커스티는 문까지 몇 미터를
나아갔다.

"가지 마, 커스티. 아직은. 그게 무슨 뜻인지
말해줘."

커스티는 어쩔 수 없이 그를 돌아봤다.
로리가 그녀의 얼굴을 보고, 그녀가 느끼는
모든 후회를 읽어내주기를 바랐다.

"괜찮아."

로리는 여전히 그녀를 치유해주고 싶은
목소리로, 달콤하게 말했다.

"정말이야."

로리가 두 팔을 벌렸다.

"*아빠처럼 안아줄게.*"

그가 말했다.

로리는 저런 식으로 말하지 않았다. 로리
같은 남자는 아무리 아이를 많이 낳고 나이가
들어도 저런 말을 쓰지 않을 것이다.

커스티는 몸을 지탱하려고 손으로 벽을
짚었다.

그녀에게 말을 건네는 사람은 로리가
아니었다.

프랭크였다. 저 사람은, 프랭크였다….

커스티는 점점 커지는, 시끄러운 종소리
너머로 그 생각에 매달렸다. 이제 종소리는
머리를 깨트릴 기세로 소란해졌다. 로리는
여전히 두 팔을 벌린 채 그녀에게 미소 짓고

있었다. 말도 하고 있었지만, 그가 무슨 말을
하는지 더는 들리지 않았다. 그의 얼굴에 붙은
부드러운 살덩이가 단어를 만들어냈으나
종소리가 그 소리를 삼켜버렸다. 커스티는 그
사실에 감사했다. 덕분에 눈에 보이는 대로
믿지 않을 수 있었으니까.

"난 네가 누군지 알아…."

커스티가 갑자기 말했다. 자신의 말이
상대에게 들리는지, 아닌지 확신할 수
없었으나 이 말이 사실이라는 것만은
확실했다. 위층에 있는 시체는 바로 로리의
시체였다. 프랭크가 벗어 던진 붕대 사이에
로리가 내버려져 있었다. 로리의 벗겨진
피부는 그의 형 프랭크의 몸에 붙어 있었다.
프랭크는 피 칠갑을 한 채 동생의 피부를
자신의 몸에 결합했다. 그랬다! 바로
그거였다.

커스티의 목을 조르는 힘이 점점 강해졌다.
세노바이트가 절망에 빠진 커스티를 끌고 갈
때까지 남은 시간은 찰나에 불과했다.
커스티는 로리의 얼굴을 한 존재를 향해,
복도를 따라 걸어갔다.

"너구나…."

그녀가 말했다.

얼굴은 당황한 기색 없이 그녀에게 미소
지었다.

커스티가 팔을 뻗어 프랭크를 낚아챘다.
놀란 프랭크는 커스티의 손길을 피하려고 한
걸음 물러났다. 우아한 나무늘보처럼 느리게
움직였지만 그녀의 손길을 피할 수 있었다.
커스티는 머릿속 종소리를 더 이상 견디기
힘들었다. 그 소리가 커스티의 생각을
곤죽처럼 짓이기고, 뇌세포를 먼지로
만들어버렸다. 이성의 테두리를 붙잡으며
커스티는 다시 프랭크에게 팔을 뻗었다.
이번에 프랭크는 딱히 그녀를 피하지 않았다.
커스티의 손톱이 그의 뺨을 할퀴었다. 너무도
최근에 이식한 피부가 비단처럼 찢어졌다.
피로 미끈거리는 피부 아래, 프랭크의 살들이
끔찍하게 드러났다.

등 뒤에서 줄리아가 비명을 질렀다.

커스티의 머릿속에서 울리던 종소리가
갑자기 멈췄다. 이제 종소리는 이 집 전체에서
울리고 있었다. 이 세상을 뒤흔들어놓고

있었다.

복도의 불빛이 현기증이 날 만큼 밝게
타오르더니 필라멘트가 과부하를 일으키며
꺼져버렸다. 완전한 어둠이 짧게 이어졌고,
커스티는 흐느끼는 소리를 들었다. 자기
입에서 흘러나온 건지 아닌지를 분간할 수
없었다. 그리고 벽과 바닥이 타닥거리며
폭죽처럼 터지는 현상이 이어졌다. 복도가
춤을 췄다. 일순간에는 도살장이었다가, (벽이
진홍색으로 번쩍이고) 다음 순간에는 여인들의
침실처럼 보였다. (푸른색과 샛노란 색으로
물들었다.) 그리고 유령 열차의 터널이 되었다.
(오직 속도와 갑작스러운 불길로만 이루어진 터널.)

번쩍이는 빛 사이로 커스티는 프랭크가
자신을 향해 다가오는 것을 보았다. 로리의
찢어진 얼굴이 그의 턱에 늘어져 있었다.
커스티는 그가 뻗은 팔을 피해 몸을 숙이며
앞쪽 방으로 들어갔다. 커스티는 목을 조여
오던 족쇄에서 해방되었음을 깨달았다.
세노바이트들이 자신들의 실수를 알아챈
듯했다. 머잖아 그들이 끼어들어 자신들의
오판으로 발생한 이 우스꽝스러운 소동에

종지부를 찍을 것이다. 커스티는 생각을
바꾸었다. 그녀는 세노바이트가 프랭크를
끌고 가는 순간을 지켜보지 않기로 마음을
바꾸었다. 잔혹한 광경은 볼 만큼 봤다.
그녀는 뒷문으로 이 집에서 도망칠 것이다.
나머지는 세노바이트에게 맡겨둘 것이다.

　커스티의 낙관적인 기대는 오래가지
못했다. 복도의 불꽃놀이가 커스티가 숨어
들어간 방 안으로 빛을 드리웠다. 그 빛이
수상한 마법에 걸려 있음은 누구나 알 수 있을
정도였다. 무언가가 바닥 위로 움직이고
있었다. 꼭 바람에 날리는 재 같았다. 사슬이
공중에서 출렁거리며 나타났다. 커스티는
결백할지 몰라도, 이곳에 풀려난 힘은 그런
사소한 사실에 무관심했다. 커스티가 한 발만
더 내디뎠다간 저 현상에 휘말려 잘못된
결과를 초래할 것 같았다.

　커스티가 망설이는 동안 프랭크가
사정거리 안으로 들어왔다. 그러나 프랭크가
그녀를 잡아채려는 순간, 복도에 불꽃놀이의
기운이 약해졌고 커스티는 어둠을 엄폐물
삼아 빠져나왔다. 그러나 어둠이 내린 틈은

너무 짧았다. 새로운 불빛이 이미 복도에서
터져 나가고 있었다. 프랭크가 끈질기게
커스티를 쫓아와 현관으로 가는 길을
가로막았다.

대체 세노바이트는 왜 프랭크를 잡아가지
않는 걸까? 커스티가 약속대로 그들을 이곳에
데려왔고, 프랭크의 가면을 벗겼는데?

프랭크가 재킷 앞섶을 열었다. 그의
허리띠에는 피 묻은 칼이 꽂혀 있었다. 로리의
살가죽을 벗길 때 쓴 칼이 틀림없었다.
프랭크가 그 칼을 뽑아 커스티에게 겨누었다.

"지금부터는,"

그는 커스티를 따라오며 말했다.

"내가 로리야."

커스티에게는 그로부터 물러나는 것밖에
선택지가 없었다. 한 걸음 뒤로 내디딜 때마다
현관도, 탈출할 가능성도, 커스티의 정신도,
멀어지는 것 같았다.

"내 말 알아들어? 이젠 내가 로리야. 다르게
생각할 필요 없어."

커스티의 발꿈치가 계단 맨 아래에
부딪혔다. 갑자기 다른 손이 난간 너머로

뻗어와 커스티의 머리카락을 움켜쥐었다. 커스티는 고개를 비틀어 위를 보았다. 아니나 다를까, 줄리아였다. 모든 열의를 소진했는지 지친 얼굴이었다. 줄리아가 커스티의 머리를 뒤로 당겨 목을 드러냈다. 프랭크의 칼이 번쩍이며 다가왔다.

마지막 순간, 커스티는 머리 위로 손을 뻗어 줄리아의 팔을 움켜쥐고 비틀었다. 줄리아는 계단의 세 번째와 네 번째 칸을 헛디뎠다. 균형감과 피해자 둘 다 놓친 줄리아는 비명을 지르며 넘어졌다. 그녀의 몸이 프랭크가 커스티를 찌르는 궤적 속에 들어왔다. 너무 가까워 피할 겨를이 없었다. 칼날이 줄리아의 옆구리를 찌르고 들어가 칼자루까지 박혔다. 칼이 꽂힌 줄리아는 신음하더니 비틀거리며 복도로 멀어져 갔다.

프랭크는 알아채지도 못한 듯했다. 그의 시선은 다시 한 번 커스티에게로 향했다. 끔찍한 식욕으로 번뜩였다. 커스티는 *위*층 밖에 갈 곳이 없었다. 폭죽은 아직 사방에서 폭발하고 있었고, 종소리도 여전히 울리고 있었다. 그녀는 계단을 오르기 시작했다.

235

열하나

커스티는 자신을 괴롭히는 자가 즉시 따라오지 않는다는 걸 알았다. 줄리아가 도와달라고 호소하자, 프랭크의 시선이 줄리아가 쓰러진 곳으로 향했다. 계단과 현관 사이 중간쯤 지점이었다. 프랭크가 줄리아의 옆구리에서 칼을 뽑았다. 줄리아는 아파서 비명을 질렀고, 프랭크는 도우려는 듯 몸 옆에 웅크려 앉았다. 줄리아가 다정함을 갈구하듯 그에게로 팔을 들어 올렸다. 프랭크는 손을 오므려 줄리아의 머리를 받치더니 자기 쪽으로 끌어당겼다. 둘의 얼굴이 서로 한 뼘 정도 남았을 때, 줄리아는 프랭크의 의도가 전혀 영예로운 것이 아님을 깨달았다. 그녀가 비명을 지르려 입을 열었지만, 프랭크는 자기 입으로 그녀의 입을 막았다. 그리고 줄리아를 섭취하기 시작했다. 줄리아가 발버둥 치며 허공을 할퀴었으나 아무 소용도 없었다.

커스티는 이 타락한 광경에서 겨우 시선을 떼고 기어서 계단 위로 올라갔다.

2층에는 제대로 된 은신처가 없었다. 창문에서 뛰어내리지 않는 이상 탈출할 길도 없었다. 하긴 프랭크가 방금 연인에게 해준

냉정한 위로를 보니, 차라리 뛰어내리는 게
나아 보였다. 바닥에 떨어지면 온몸의 뼈가
부러질지도 모르겠지만, 괴물에게 잡아먹힐
위협에서는 벗어날 수 있으니까.

불꽃놀이가 치지직거리며 사그라드는
듯했다. 층계참은 연기와 어둠에 휩싸여
있었다. 커스티는 걷는다기보다는 휘청댄다는
말에 더 가까운 동작으로 층계참을 나아갔다.
손가락 끝이 벽을 따라 움직였다.

아래층에서 프랭크가 움직이는 소리가
났다. 줄리아를 끝장낸 것이다.

이제 그가 계단을 올라오며 전과 똑같이
근친상간의 권유를 내뱉었다.

"아빠처럼 안아줄게."

커스티는 문득 세노바이트가 이 추격전을
적잖이 즐기고 있으리라 생각했다. 그들은 단
한 명의 선수, 즉 프랭크만 살아남을 때까지
나서지 않을 터였다. 커스티는 그들의 쾌락을
위한 제물이었다.

"개새끼들…."

커스티가 나직이 말했다. 그들이 이 욕설을
똑똑히 들었기를 바랐다.

커스티는 층계참 끝에 이르렀다. 앞에는
잡동사니가 쌓인 방이 있었다. 그 방에 그녀가
기어 나갈 만한 크기의 창문이 있을까? 만일
그렇다면 커스티는 뛰어내릴 생각이었다.
추락하면서 저주할 것이다. 그들 모두를. 신과
악마와 그 사이에 있는 뭔지 모를 모든
존재들을. 그렇게 뛰어내리면서 콘크리트
바닥이 그녀를 빠르게 끝장내주는 것 말고는
아무것도 바라지 않을 것이다.

프랭크가 커스티를 부르고 있었다. 그가
계단 꼭대기 부근에 도달했다. 커스티는
자물쇠에 꽂힌 열쇠를 돌려 잡동사니가 쌓인
방으로 슬쩍 들어갔다.

그래, 창문이 있었다. 커튼은 없었다.
달빛이 점잖지 못한 아름다운 모습으로
들이쳐, 가구와 상자로 이루어진 아수라장을
비추었다. 커스티는 그 혼란스러운 틈을
헤치고 창문으로 다가갔다. 창문은 환기를
위해 손가락 한 뼘쯤 열려 있었다. 커스티는
창틀 아래에 손가락을 넣고, 밖으로 기어 나갈
수 있을 만큼 창문을 들어 올리려 했다.
그러나 창틀이 썩어 있었다. 커스티의 팔로

들어 올리기에는 역부족이었다.

커스티는 지렛대로 쓸 만한 대용품을
빠르게 찾아보았다. 그러면서 두뇌 일부분은
추격자가 층계참을 걸어오는 데 필요한
발걸음 수를 냉정히 계산했다. 대략 스무 발짝
미만이었다. 커스티는 차 상자를 덮은 천을
벗겼다. 상자에서 광기 어린 눈으로 그녀를
올려다보는 죽은 남자가 나타났다. 그의 몸은
십여 군데가 토막 나 있었고, 두 팔은 뼈가
부러진 채 뒤로 꺾여 있었으며, 다리는 턱까지
접힌 채였다. 커스티가 비명을 지르려 할 때
문에서 프랭크의 소리가 들렸다.

"어디 있어?"

프랭크가 물었다.

커스티는 혐오의 비명이 나오지 않도록
손으로 입을 틀어막았다. 그때 문손잡이가
돌아갔다. 커스티는 방 한복판에 나뒹구는
안락의자 뒤로 몸을 숨기며 비명을 삼켰다.

문이 열렸다. 프랭크가 살짝 힘겨워하며
내뱉는 거친 숨소리가 들렸다. 그가 맨발로
바닥을 조용히 밟는 기척도 느꼈다. 이내 문을
당기며 나가는 소리가 들렸다. 찰칵, 소리가

난 뒤, 침묵이 흘렀다.

커스티는 열셋을 세며 기다렸다가, 숨은 곳에서 얼굴을 내밀었다. 반쯤은 프랭크가 방을 나가지 않고, 이 방에 함께 있으리라고, 그녀가 스스로 모습을 드러내는 걸 기다리고 있으리라고 예상했지만, 아니었다. 프랭크는 방을 떠났다.

커스티는 비명을 참느라 쌓아둔 숨을 들이쉬었다. 그러자 달갑지 않은 부작용이 일어났다. 딸꾹질이었다. 첫 번째 딸꾹질은 너무도 예상치 못한 것이라 억제할 틈도 없이 총소리처럼 시끄럽게 울렸다. 하지만 층계참에서 돌아오는 발소리는 없었다. 프랭크는 이미 소리가 들리지 않는 곳까지 멀어진 듯했다. 이제는 시체를 담은 관짝이 되어버린 차 상자를 돌아서 창문으로 가는데, 두 번째 딸꾹질이 터져 나와 커스티를 놀래켰다. 조용히 자신의 배를 나무랐지만, 아무 소용 없었다. 시키지 않았는데 세 번째, 네 번째 딸꾹질도 나왔다. 커스티는 창문을 들어 올리려고 한 번 더 애썼다. 역시 아무 의미 없는 노력이었다. 창문은 커스티의 생각에 고분고분 따라줄 의향이 전혀 없었다.

커스티는 유리를 깨고 도와달라고 소리
지를까 잠깐 생각했지만 빠르게 포기했다.
이웃이 잠기운을 떨치고 도와주러 오기 전에
프랭크가 그녀의 눈알을 뽑아 먹을 터였다.
커스티가 왔던 길을 되짚어 돌아가 살짝 문을
밀자 삐걱 소리가 났다. 프랭크의 흔적은
보이지 않았다. 사람의 그림자를 분간할 수
있는 한에서는 그랬다. 그녀는 조심스레 문을
조금 더 열고, 층계참으로 나섰다.

어둠이 살아 있는 생물처럼 탁한
입맞춤으로 커스티를 숨 막히게 하는 것만
같았다. 커스티는 별생각 없이 세 걸음을
내디뎠고, 그다음 네 번째 발자국을 내디뎠다.
다섯 번째 걸음에서 (그녀의 행운의 숫자였다.)
커스티의 몸이 자살에 가까운 반응을
일으켰다. 딸꾹질을 했다. 소리가 새어 나오기
전에 입을 틀어막기에는 손이 너무 느렸다.

이번에는 들키고 말았다.

"거기 있었네."

어둠 속에서 그림자가 말했다. 프랭크가
침실에서 튀어나와 커스티의 앞길을 막았다.

241

그는 식사를 마친 뒤라 덩치가 더 커져
있었다. 충계참 전체를 덮을 정도로 커
보였다. 프랭크는 고기 비린내를 풍겼다.

물러날 필요가 없어진 커스티는 프랭크가
다가오자 분노의 비명을 내질렀다. 프랭크는
그녀의 두려움에 개의치 않고 뻔뻔스럽게
걸어왔다. 프랭크의 칼날이 불과 몇 뼘 앞까지
다가왔을 때, 커스티는 옆방 앞으로 몸을
던졌다. 정신을 차리고 보니 다섯 번째 걸음이
프랭크의 방으로 데려온 것이다. 커스티는
비틀거리며 열린 문을 지났다. 순식간에
프랭크가 쫓아오며 이 상황이 재밌는지
웃음을 터트렸다.

커스티는 이 방에 창문이 있다는 걸 알았다.
겨우 몇 시간 전, 그녀가 직접 창유리를
깨버렸으니까. 그러나 어둠이 너무 짙어
안대를 쓴 것 같았고, 달빛 한 줄기조차 없어
앞이 안 보였다. 프랭크도 마찬가지로 길을
잃은 듯했다. 그는 칠흑 같은 어둠 속에서
커스티를 불렀다. 그러면서 칼날로 허공을
그어댔다. 그의 고함과 휙휙 칼 휘두르는
소리가 동시에 들렸다. 앞으로, 뒤로, 뒤로,

앞으로. 그 소리를 피해 물러나던 커스티는
바닥에 엉켜 있던 붕대에 발이 걸려 넘어졌다.
커스티는 맨바닥이 아니라 기름진 덩어리가
된 로리의 묵직한 시신 위로 넘어졌다. 시체를
본 커스티에게서 공포에 찬 비명이
끌려나왔다.

"거기 있구나."

프랭크가 말했다. 갑자기 칼이 다가와
그녀의 머리 위 몇 센티미터를 베었다. 하지만
커스티는 그 소리를 듣지 못했다. 그녀는 두
팔로 로리의 시체를 감싸안았다. 로리의
시체를 매만지는 지금 가슴속을 파고드는
고통에 비하면, 다가오는 죽음 따위는
아무것도 아니었다.

"로리."

커스티는 신음했다. 칼이 그녀를 베었을
때도, 그녀는 자신의 입술로 로리의 이름을
불렀다는 데에 만족했다.

"맞아."

프랭크가 말했다.

"로리야."

어째서인지, 커스티는 프랭크가 로리의

243

이름을 도둑질한 게 그의 피부를 훔친 것만큼
용서할 수 없었다. 어쨌든 커스티의 슬픔은
그렇게 말했다. 피부에는 아무런 의미가
없었다. 피부에는 특별한 의미를 부여하기
힘들다. 돼지에게도, 뱀에게도 피부는 있다.
피부는 죽은 세포가 되면 벗겨내고 다시
자라나면 또 다시 벗어버릴 수 있다. 하지만
이름은? 이름은 주문이었다. 추억을 간직한
주문. 프랭크가 그걸 빼앗게 내버려두지 않을
것이다.

"로리는 죽었어."

커스티가 말했다. 그 말을 내뱉자 가슴에
찌르는 통증이 일었으나, 그 아픔과 함께 생각
한 줄기가 유령처럼 찾아왔고….

"조용히 해, 아가…."

프랭크가 말했다.

…만일 세노바이트가, 프랭크가 자신의
이름을 밝히길 기다리고 있는 거라면? 병원을
방문한 세노바이트가 프랭크 스스로 고백하게
하라고 말하지 않았던가?

"당신은 로리가 아니야."

그녀가 말했다.

"우리야 그걸 알지."

대답이 들렸다.

"하지만 다른 사람은 아무도 몰라."

"그럼 당신은 누구지?"

"가엾은 아가로군. 미쳐가는 중인가 본데? 좋은 일이야…."

"당신, 누구냐고?"

"…이 이름으로 사는 게 안전해."

"*누구냐니까?*"

"조용히 해, 아가."

그가 말했다. 그는 어둠 속에서 커스티에게 몸을 수그렸다. 그의 얼굴이 커스티의 얼굴과 닿을락 말락 했다.

"모든 게 다 괜찮아질 거야…."

"그래?"

"그럼. 난 프랭크야."

"프랭크?"

"맞아. 난 프랭크야."

그리고 프랭크는 커스티에게 결정적인 공격을 날렸다. 하지만 커스티는 어둠 속에서 칼이 스치는 소리를 듣고 죽음이 내리는 안식의 축복을 피해 갔다. 잠시 후, 종소리가

다시 울렸다. 방 한가운데의 알전구가
깜빡거리며 되살아났다. 그 빛 속에서
커스티는 프랭크가 자신의 동생 곁에 서 있는
모습을 보았다. 칼이 죽은 자의 엉덩이에 박혀
있었다. 프랭크는 시체에서 칼을 빼내려
애쓰며 커스티에게 시선을 못박았다.

한 번 더 종소리가 울렸다. 프랭크가
일어나서 커스티를 덮치려 했다…. 그리고
목소리가 들렸다.

그 목소리는 가볍게 그의 이름을 불렀다.
마치 함께 놀던 아이를 부르듯.

"프랭크."

그날 밤, 두 번째로 프랭크는 경악하며 입을
벌렸다. 당혹스러운 표정이 그의 얼굴을 스쳐
지나갔다. 뒤이어 그 표정에 공포가 떠올랐다.

그는 천천히 고개를 돌려 말한 자를
바라보았다. 세노바이트였다. 세노바이트에게
부착된 고리들이 번쩍였다. 그 뒤로 커스티는
세 명의 다른 형상을 보았다. 세노바이트의
해부학적 구조는 기형을 나타낸 카탈로그
같았다.

프랭크가 커스티를 힐끗 돌아보았다.

"네 짓이구나."

프랭크가 말했다.

커스티가 고개를 끄덕였다.

"나가라."

새로 온 자 중 하나가 말했다.

"이제 네가 할 일은 끝났다."

"개 같은 년!"

프랭크가 커스티에게 고함쳤다.

"쌍년! 날 속였어, 이 좆 같은 년!"

분노의 폭풍이 방을 가로지르는 커스티를 쫓아 문 앞까지 날아왔다. 커스티가 손바닥으로 문손잡이를 감싸쥐는 순간, 프랭크가 자신을 뒤쫓는 소리가 들렸다. 돌아보니 그가 한 발짝도 떨어지지 않은 자리에 서 있었다. 칼은 그녀의 몸과 머리카락 한 올 정도 떨어진 거리에 있었다. 하지만 프랭크는 그 자리에서 굳은 듯, 1밀리미터도 나아가지 못했다.

세노바이트가 프랭크의 몸에 갈고리를 박아 넣었다. 갈고리는 그의 팔과 다리, 그 얼굴을 꿰뚫으며 살점 안으로 말려들었다. 세노바이트는 갈고리에 달린 사슬을 팽팽히

당겼다. 프랭크가 몸부림칠 때마다
갈고리들이 근육을 헤집고 스르륵 파고드는
소리가 났다. 그의 입이 당겨져 쩍 벌어졌다.
목과 가슴이 찢어져 열렸다.

프랭크는 손가락 사이로 칼을 떨어트렸다.
그는 마지막으로 알아듣기 힘든 욕설을
내뱉었다. 자신을 사냥하려는 자들과의
소유권 싸움에서 패배한 육체가 덜덜 떨리고
있었다. 프랭크는 조금씩, 방 한가운데로 도로
끌려갔다.

"*가라.*"

세노바이트의 목소리가 울렸다. 커스티는
더 이상 그들을 볼 수 없었다. 그들은 이미
피로 얼룩진 공기 너머로 사라진 뒤였다.
커스티는 그들의 권유를 받아들여 방 문을
열었다. 등 뒤에서 프랭크가 비명을 지르기
시작했다.

커스티가 층계참으로 나서자 석고 먼지가
천장에서 폭포수처럼 떨어졌다. 지하실에서
처마까지 온 집이 으르렁대고 있었다.
커스티는 직감했다. *악마들이 이곳으로*
풀려나 이 집을 무너뜨리기 전에 빨리 떠나야

한다.

시간이 촉박해도, 커스티는 프랭크를
마지막으로 돌아보고 싶은 마음을 참을 수
없었다. 프랭크가 더 이상 뒤쫓지 않는다는
사실을 확인해야 했다.

프랭크는 죽음을 맞이하고 있었다.
갈고리가 육체의 십여 곳 이상을 꿰뚫었다.
커스티가 바라보는 동안에도 새로운 흉터가
생기고 있었다. 홀로 켜진 전구 아래, 사지를
쫙 뻗은 그의 몸은 버틸 수 있는 한계
이상으로 잡아당겨졌다. 그에게서 비명이
새어 나왔다. 커스티가 프랭크를 처음 봤다면,
동정했을 법한 비명이었다.

갑자기 프랭크의 비명이 멈추었다. 잠시
침묵이 흘렀다. 프랭크는 마지막 반항으로
무거운 머리를 억지로 들어 커스티를 빤히
바라보았다. 모든 혼란과 의지가 사라져버린
눈이 커스티의 시선을 마주했다. 커스티와
마주보는 눈동자가 반짝였다. 쓰레기 속
진주처럼.

이에 응하듯 사슬이 더 팽팽히 당겨졌으나
세노바이트는 프랭크에게서 더 이상의 비명을

얻어내지 못했다. 대신 프랭크는 커스티에게 혀를 내밀고 아무것도 반성하지 않는 음란스러운 동작으로 이를 핥았다.

그리고 프랭크는 해체되었다.

그의 팔다리가 몸통에서 분리되고, 머리는 어깨에서 떨어져 나갔다. 뼛조각과 열기가 뒤범벅되자 커스티는 문을 쾅 닫았다. 반대편에서 무언가가 방 문에 부딪혔다. 커스티는 그게 프랭크의 머리통일 거라고 생각했다.

커스티는 비틀거리며 계단을 내려갔다. 벽 속에서 늑대들이 울부짖었고, 혼란 속에서 종소리가 울렸다. 상처 입은 새들의 유령이 연기처럼 공기를 탁하게 흐리며 사방을 채웠다. 날개 끝과 끝이 봉합된 새들은 다시는 날지 못했다.

계단을 다 내려온 커스티는 복도를 따라 현관으로 걸어갔다. 하지만 자유가 코앞에 가까워졌을 때, 커스티는 누군가 자신의 이름을 부르는 소리를 들었다.

줄리아였다. 복도 바닥에 피가 고여 있었다. 프랭크가 줄리아를 버려뒀던 곳에서부터 응접실까지 피 흔적이 이어졌다.

"커스티….."

줄리아가 다시 외쳤다. 애처로운 소리였다.
잿빛 날갯짓으로 숨 막힐 듯한 공기 속에서도,
커스티는 그 소리를 따라갈 수밖에 없었다.
커스티는 응접실로 들어갔다.

가구는 석탄처럼 타들어가 연기가 났다.
그녀가 언뜻 본 잿가루는 고약한 냄새를
풍기는 카펫처럼 깔려 있었다. 집안의 폐허
한가운데에 신부가 앉아 있었다.

놀라운 의지를 발휘해서, 줄리아는
웨딩드레스를 입고 머리 위에 베일을
고정하는 데 성공했다. 줄리아는 더러워진
드레스를 착용한 채 먼지 구덩이에 앉아
있었다. 그런데도 줄리아는 빛이 났다. 사실
주변을 둘러싼 폐허 덕분에 줄리아는 더
아름다워 보였다.

"도와줘."

줄리아가 말했다. 그제야 커스티는 자신이
들은 목소리가 풍성한 베일 아래서가 아니라,
신부의 무릎 부근에서 나온다는 것을
깨달았다.

드레스의 풍성한 주름이 갈라졌다.

줄리아의 머리통이 보였다. 진홍색 비단 베개
위에, 흘러내리는 고동색 머리카락에
둘러싸인 채로. 폐가 없는데 어떻게 말을 할
수 있을까? 그런데도 머리통은 말을 했다.

"커스티…."

줄리아의 머리통이 애원하는 투로 말했다.
한숨을 내쉬며, 정신을 털어내고 싶다는 듯
신부 드레스의 무릎 부분에서 이리저리
굴렀다.

커스티는 그것을 도울 수도 있었다. 머리를
집어 들고 그 뇌를 산산조각 내 죽음을 찾아줄
수 있었다. 하지만 신부의 베일이 움찔거리기
시작하더니, 보이지 않는 손가락에 잡힌
것처럼 머리통이 떠올랐다. 베일 아래에서
빛이 번쩍이며 점점 밝아지고 또 밝아졌다. 그
빛과 함께 목소리가 들렸다.

"나는 엔지니어다."

그것이 한숨을 쉬었다. 그뿐이었다.

그 뒤에는 주름진 베일이 점점 더 높이
떠올랐고, 베일 아래의 머리는 작은 태양처럼
밝아졌다.

커스티는 그 타오르는 빛에 눈이 멀 때까지 기다리지 않았다. 대신 복도로 물러나 (이제 새들은 거의 단단한 형체를 갖추었고, 늑대들은 미쳐 날뛰었다.) 복도의 천장이 무너지려는 순간 현관으로 몸을 날렸다.

밤이 그녀를 마중했다. 깨끗한 공기를 품은 어둠이 내려 있었다. 커스티는 탐욕스럽게 그 어둠을 삼키며, 그 집에서 도망쳤다. 이렇게 도망친 게 두 번째였다. 하느님이 보우하사, 제정신을 지키기 위해서라도 세 번째 탈출은 없기를.

로도비코 스트리트의 모퉁이에서, 그녀는 뒤를 돌아보았다. 집은 내부에서 풀려난 힘에 굴복하지 않고 그저 무덤처럼 고요히 서 있었다. 아니, 무덤보다도 고요했다.

커스티가 몸을 돌리는 순간 누군가가 그녀와 부딪쳤다. 커스티가 놀라 소리를 질렀지만, 웅크린 보행자는 이미 아침을 앞둔 불안한 어둠 속으로 서둘러 사라졌다. 그 형체는 꿈과 실체의 경계선에 머무르며 뒤를 힐끗 돌아보았다. 그자의 머리가 어둠 속에서 확 타올랐다. 흰 불꽃이 원뿔 모양을 그렸다.

엔지니어였다. 커스티에게는 시선을 돌릴
겨를도 없었다. 그것은 순식간에 사라지며
커스티의 눈에 빛을 새겼다.

그제야 커스티는 엔지니어가 자신과
부딪친 이유를 깨달았다. 르마샹의 상자가
그녀에게 전달되어, 그녀의 손에 놓여 있었다.

상자의 표면은 흠결 없이 봉인되어,
반짝반짝 광택을 빛내고 있었다. 커스티는
그것을 살펴보지 않았지만, 퍼즐을 풀어낸
흔적이 전혀 남지 않았으리라고 확신했다.
다음 발견자는 누구의 안내도 없이 그 표면을
탐험해야 할 것이다. 그런 날이 올 때까지는,
커스티가 이 상자의 관리자로 선택된 걸까?
그런 것 같았다.

커스티는 손에 든 상자를 뒤집어 보았다.
아주 잠깐 동안, 커스티는 래커칠된 표면에서
유령을 본 것만 같았다. 줄리아의 얼굴,
그리고 프랭크의 얼굴을. 커스티는 로리도 그
안에 갇혀 있는지 보려고 상자를 다시
뒤집었지만, 보이지 않았다. 로리가 어디로
갔는지는 몰라도, 이곳은 아니었다. 아마 이
세상에는, 풀기만 하면 그가 살고 있는 곳으로

가게 해주는 다른 퍼즐도 있을 것이다. 풀면 천국의 정원으로 가는 빗장을 들어 올려주는 십자말풀이라든가, 완성하면 기적의 땅으로 들어가는 길이 열리는 직소 퍼즐이라든가.

커스티는 늘 그래왔듯 기다리며 지켜볼 것이다. 언젠가 커스티 앞에 그런 퍼즐이 나타날지도 모른다는 희망을 품고 기다릴 것이다. 하지만 그 퍼즐이 저절로 나타나지 않는다고 해도 너무 심하게 슬퍼하지 않을 것이다. 부서진 마음은 어떤 지혜나, 시간으로도 고칠 수 없는 퍼즐일지 모르니까.